인연을, 새기다

인연을, 새기다

초판 1쇄 인쇄 2007년 12월 11일
초판 1쇄 발행 2007년 12월 18일

지은이 | 남궁산
펴낸이 | 정상우
발행처 | 오픈하우스
출판등록 | 2007년 11월 29일 제13-237호
주소 | 서울 마포구 연남동 369-17 영진빌딩 501호(121-886)
전화 | 02-333-3705   팩시밀리 | 02-333-3475

ISBN 978-89-960476-1-2 (03800)

남궁산의 장서표 이야기

인연을, 새기다

오픈하우스

　내 친구 남궁산은 사람을 좋아한다. 사람들도 역시 그를 좋아한다. 사람들 속에서 그는 편안하고 행복해 보인다. 처음 만나는 사람과도 스스럼없이 어울리고 이내 친해지며 그렇게 맺어진 교분을 나중까지 이어가는 능력을 그는 지녔다. 장서표는 그가 맺은 인연과 우정의 소중함을 기록하는 그 나름의 표현 방식인 셈이다.

　화가인 그의 교제 범위는 미술판에 국한되지 않는다. 그의 별명 중 하나는 '문단의 마당발'이다(대신 화단에서는 '왕따'라는, 확인되지 않은 소문도 있다). 문단 사람들이 포함된 이런저런 모임에서, 그는 웬만한 문인들을 뺨칠 정도의 안면으로 자리를 휘젓고 다닌다. 문학 담당 초기에는 나 역시 그를 통해 소개받은 문인들이 적지 않았다. 오산학교(정확히는 서울의 오산고등학교) 출신인 그는 소월과 백석을 선배로 받드는데, 문인들에 대한 그의 친연성이 딱히 그것 때문인지는 확실하지 않다.

남궁산이 장서표에 주목한 것도 문학과 문인들에 대한 그의 친연성과 무관하지 않을 것이다. 알다시피 장서표란 책의 주인이 그 주인됨을 표시하는 하나의 수단이다. 장르의 특성상 책과 가장 가까운 이들이 바로 문인들 아니겠는가. 문인과 문학을 좋아하는 그가 장서표에 남다른 관심을 지니는 것은 어찌 보면 당연한 노릇이다.

장서표가 단순히 책의 주인을 알려주는 기호인 것만은 아니다. 판화가의 손끝에서 빚어진 엄연한 작품으로서 그것은 또한 미적 완성도를 갖추어야 한다. 남궁산의 장서표들은 그의 예술적 감각과 표주들의 개성이 행복하게 만나 어우러진 풍경 한 자락씩을 보여준다. 장서표가 책과 관련된 것이니 만치 책이 등장하는 횟수가 압도적이지만, 그와 동시에 숱한 꽃과 나무와 동물과 사물이 표주들의 관심과 지향을 일러준다. 때로 그 물물들은 표주의 전생이 아닌가 싶을 정도로 주인을 닮아서 보는 이로 하여금 미소를 머금게 한다. 남궁산은 장서표를 통해 사람들을 만나며, 그 만남은 세상 만물로 이어진다. 그의 관심과 애정이 단지 사람에 머물지 않고 더 넓은 생명과 환경으로 나아가는 모습을 그의 장서표들에서 확인할 수 있다.

　장서표가 실용성을 지닌 물건인 것에 못지않게 엄연한 판화 예술품인 바에야 판화가 남궁산이 멋진 장서표를 제작한 것이 그 자체로 놀랄 만한 일은 아닐 것이다. 그러나 그가 자신이 만든 장서표와 그 표주들에 얽힌 이야기를 글로 쓴다면 이야기가 전혀 달라진다. 처음 내가 일하는 신문에 그의 장서표 이야기를 연재하기로 했을 때 나는 속으로 반신반의했다. 그가 특유의 개방적인 성격과 너른 안면으로 많은 이야기 거리를 온축했음은 익히 알고 있었으되 그것을 읽을 만한 글로 옮기는 것은 말처럼 쉬운 노릇이 아닐 것이기 때문이었다. 어쨌거나 그는 글 쓰는 일에는 문외한이 아닌가 말이다.

그러나 당구삼년에 음풍월이라 했던가. 연재는 예상 밖으로 큰 성공을 거두었다. 그가 정신적 '아버지'로 모시는 신경림 시인 편을 필두로 매주 한 차례씩 장서표 이야기가 신문에 나가자 곧 신문사 안팎에서 뜨거운 반응이 들려 왔다. 그의 연재를 기다리는 고정 독자들이 생겨났고 그 수는 갈수록 늘어갔다. 그와 나의 '독특한' 우정을 아는 이들은 알겠지만, 나는 사석에서 좀처럼 그를 칭찬하는 법이 없다. 칭찬은 커녕 기회만 생기면 놀려대거나 면박을 주기 일쑤이다(사정을 잘 모르는 이들을 위해 노파심 삼아 부연하자면, 그만큼 우리 사이가 허물없다는 뜻이다). 그러나 장서표 이야기를 연재하는 동안만큼은 평소의 스타일(?)을 고집할 수가 없었다. 담당 기자로서 나는 독자들의 반응(그러니까 칭찬)을 필자에게 정확하게 전달해야 할 의무가 있었다. 게다가 다른 사람의 반응 이전에 나부터가 한 사람의 독자로서 그의 글에 빠져들어 있었다. 애써 꾸미거나 멋을 부리는 법이 없이 소탈하고 진솔한 그의 글은 그 담박함과 편안함으로 독자의 가슴을 곧장 파고들었다. 연재가 이어지면서 남궁산의 장서표 이야기는 문단과 문화계 인사들 사이에서 큰 화제가 되었고, 표주들이

은근히 자신들의 차례를 기다리고 있다는 소문도 들려왔다.

단 한 사람 예외가 있었다면 그것이 바로 나였다. 장서표 이야기를 연재하는 동안 내가 스타일을 구겨 가면서 그를 칭찬하지 않을 수 없었노라고 앞에서 말했지만, 딱 한번 내 스타일을 되찾은 경우가 있었다. 어느 날 그가 보내 온 원고를 보니 그것은 〈한겨레〉 문학 담당 기자 최아무개에 관한 것이었다. 당시 그의 원고를 받아서 내보내는 담당 기자이자 그 글이 실리는 해당 지면을 책임지는 부서장이었던 나는 당장 원고를 반려시켰다. 일종의 '직업윤리'가 걸린 문제였던 것이다. 투덜투덜 한동안 불평과 불만을 늘어놓던 그는 결국 내 고집을 꺾지 못해 원고를 새로 써야 했다(마감 시각 때문에 상당히 빨리 써야 했는데도 그 글은 제법 훌륭했다!). 여기 실린 장서표 이야기 최아무개 편은 그렇게 한 차례 '검열'에 걸렸던 글이다.

이 책에 실린 장서표 이야기의 주인공들은 장르의 경계를 넘어 그와 술잔을 나누고 노래를 섞었으며 세상사를 논한 이들이다. 그 중의 상당수를 나는 그와 함께 만나 어울렸다. 그의 친구가 곧 나의 친구가 되는 일이 잦았다. 숫기 없는 나를 다양한 분야의 많은 이들에게 연결시켜 준 데 대해 이 자리를 빌려 새삼 그에게 감사의 마음을 전하고자 한다. 책이 나온 것을 핑계 삼아 그이들과 다시 어울려 술 한잔을 나누고 싶다.

최재봉(한겨레신문사 문학전문기자)

"차서환서구일치借書還書俱一癡"

조선 후기의 서화가인 추사 김정희 시의 한 구절이다. "책
은 빌려주는 사람도 돌려주는 사람도 바보"라는 뜻이다. 누
구나 한두 번쯤은 친구나 동료에게서 빌려준 책을 떼이거나
빌려본 책을 돌려주지 않은 경험이 있을 것이다. 책에 대한
욕심은 시대를 초월하는지, 도덕적 유교관념이 지배하던 그
시절에도 다를 바 없었나 보다. 현재는 발전된 제지술과 인
쇄술 덕분에 흔한 물건이 되었지만, 과거엔 특별한 사람이나
소장할 수 있는 귀중품이 책이었다. 그래서 장서가藏書家들
은 책의 겉장이나 뒷장에 자신의 이름이나 도장으로 표시하

여 타인으로부터 자신의 소중한 책을 보호했다. '장서표藏
書票'는 이러한 욕구와 실용의 차원에서 생겨난 '책
소유의 표식'이다. 다시 말하자면 장서표는 장서가 자신
이 소장所藏하고 있는 책에 붙여 책의 소유자를 알리는 작은
판화版畵라고 할 수 있다.

장서표는 문자와 이미지가 조화롭게 결합된 것이 주요한
특징이다. 장서가 자신의 이름을 써넣는 것과 함께 이미지는
소장자와 관련이 있는 내용으로 채워진다. 장서가의 직업,
취미, 세계관 등을 압축해서 표현해야 하므로 결국 '사람'으
로 귀결된다. 그러므로 장서표들은 만인보萬人譜를 판화로
표현한 것이라고 보아도 괜찮을 성싶다. 장서표 이야기는 결
국 사람의 이야기다.

이 책은 이태 전 한겨레신문에 연재했던 원고를 정리해서
묶었다. 장서표를 새기고 그에 관해 글을 쓰는 일은 즐거웠
다. 그 일을 통해 인연의 소중함을 다시 한 번 반추했고 나
자신의 삶을 되돌아보기도 했다. 또 많은 지인과의 새로운

만남의 기쁨이 있었고, 그들의 내면세계를 접하면서 많은 지혜의 양분도 섭취했다.

시공간의 제약으로 더 많은 이의 장서표를 이야기 할 수 없어 아쉬울 따름이다. 연재의 특성상 책을 항상 가까이 하는 시인, 작가, 학자 위주의 글쓰기가 되었다. 연재를 하던 당시 또 다른 기쁨과 감동을 만나기도 했다. 당신에 관한 글을 보신 리영희 선생님이 엽서를 다시 보내주셨는데, 엽서를 받아 본 순간 눈물이 핑 돌았다. 불편한 몸으로 손수 쓰신 어린아이 같은 글씨체 때문이었다. 지금 그 엽서 역시 〈전환시대의 논리〉라는 책 속에 고이 모셔져 있다.

잊고 있던 원고를 '스쿱skoob'의 정상우 형의 권유로 책으로 묶게 되었다. 원고를 대폭 수정해 볼까도 했지만 당시 장서표를 새길 때의 느낌을 살리고자 조금 수정하는 선에서 마무리 하였다. 표주藏書票主의 사유의 깊이를 따라가는 것은 내 능력을 넘어서는 것이므로 이 책은 '왜 아무개의 장서표는 이렇게 만들었는가' 정도의 글 모음집이라고 보면 될 성싶다. 보잘 것 없는 이 책이 독자

들로 하여금 인연의 소중함을 다시 깨닫게 하며 동시에 책을
더 가까이 하는 데 조금이라도 보탬이 된다면 좋겠다.

　일일이 열거하기가 불가능할 정도로 여러 분에게 도움을
받고 살고 있다. 모든 인연께 감사드린다.

2007년 겨울 정발산에서

차례

견자見者의 삶을 사는 겨울새

강태형 : 책 만드는 전직 시인

강태형 형을 만나기 위해 파주출판단지에 있는 '문학동네' 사옥을 방문했다. 그는 나를 보자마자 옥상으로 이끈다. 옥상은 그가 출판사 건물에서 가장 마음에 들어 하는 공간이다. 탁 트인 서쪽하늘로 마침 아름다운 저녁노을이 펼쳐지고 있었다. 자갈이 깔린 옥상에서 그는 시심을 다듬고 있는 듯했다.

'문학동네' 대표인 강태형은 정밀한 사고력과 탱크와 같은 추진력을 동시에 가진 사람이다. 그는 탁월한 경영능력으

겨울 하늘에 차갑게 빛나던
내 하나의 별이 부서져 내려 온 세상에 흩어지고
지상의 곳곳에서 눈뜨며 반짝이는 빛, 반짝이는 강물.
목마른 자의 가슴 아래로 잠적하듯
가장 낮은 땅으로 흐르는 별무리들

로 10년을 조금 넘긴 짧은 연혁에도 불구하고, '문학동네'를 한국의 대표적인 문학출판사의 하나로 급성장시켰다. 그는 또 '자유실천문인협의회' 시절부터 몸 담아온 '민족문학작가회의'의 이사 자격으로 '남북작가대회'를 성공리에 마쳐 남북한 문학교류에도 큰 힘을 보탰다.

그는 1982년 신춘문예로 등단한 시인이다. 출판사 경영을 하느라 시를 놓고 있는 그는 스스로 '전직 시인'이라고 말한다. 나는 사석에서 종종 '시를 쓰지 않으려면 시인 라이센스를 나에게 양도하라'고 농을 걸지만 그는 못 들은 체한다.

그의 이력은 다채롭다. 청소년기에는 태권도, 합기도, 킥복싱 등 격투기에 빠져 지내기도 했다. 책가방에 교과서 대신 권투 글러브와 소설책을 넣고 다니던 권투선수 지망생 시절도 있었다. 그런 그가 폐결핵을 앓고 권투를 그만두게 되자 한동안 절망감에 빠져 지냈다. 그때 방황하던 그에게 위안이 되어 준 것이 문학이었다. 불투명한 미래에 대한 불안감을 달래려고 거의 매일 한 권의 책을 읽었다. 그리고 썼다.

이제 나는 원願한다

가슴에 새겨진 별빛을 돌며돌며

내 속살을 적시며 떨구는 눈물도

낮은 땅으로 흐르기를

이름 잃은 풀잎의 한점 이슬이기를

타오르는 아침 바다에 투신投身하기를

일어서는 빛,

밤새 내린 눈발 위로

무수히 쏟아지는 하늘이여

〈겨울새〉의 일부

　신춘문예 등단작인 이 시에서 나는 그 무렵 그의 적막한
속내를 보는 것 같아 가슴이 먹먹해진다.

　그는 출판사 대표로서 이미 수천 권의 남의 책을 만들었
다. 그러나 정작 '문학동네'에서 나온 책의 판권에서도 '강
태형'이라는 이름은 찾아 볼 수 없다. 출판인 '강병선'이 있
을 뿐이다. 나는 그의 필명 '강태형'이 또렷이 새겨진 시집

22

을 보고 싶다.

　그는 견자見者의 삶을 살고 싶다고 한다. 무대 위의 삶에서 걸어 내려와 무대를 바라볼 줄도 알아야 한다고. 나는 그의 장서표에 냉철하지만 따뜻한 애정을 가진 견자의 눈을 그려 넣었다. 🍃

고향아, 고양아…

고은주 : 말도 글도 청산유수인 소설가

여러해 전 몇몇 지인들과 남해로 여행을 떠난 적이 있었다. 당시 경남 진주에 살고 있던 고은주가 합류했다. 그의 첫인상은 조금은 차갑고 도도해 보였다. 말이 별로 없는 편이었고 무척이나 내성적인 사람으로 보였다. 요즘도 출판기념회 등의 모임에서 그의 존재는 튀지 않는다. 그러나 멍석을 깔아주니 그의 말솜씨는 청산유수다. 왜 그렇게 평소에는 말이 없느냐고 물어보니, 타인의 행동거지를 관찰하느라 그렇다고 한다. 우리들의 행동을 지켜보며 스스로 즐기고 있었던 것이다.

고은주의 이력은 조금 특이하다. 그는 약 3년간 진주 문화방송에서 아나운서로 활동했다. 그러나 소설가로서 경험을 쌓기 위한 일이었기 때문에 미련 없이 그만두었다. 그의 '오늘의 작가상' 수상작 〈아름다운 여름〉은 아나운서 때의 경험을 바탕으로 한 것이었다.

부산에서 태어나고 자란 고은주는 일찍이 소설가의 꿈을 키워왔다. 초등학교 6학년 때 부산시내 백일장에서 장원을 하면서부터다. 말로 할 수 없는 것을 글로 표현하는 것이 너무 매력적이었다고 한다. 또래보다 성숙했던 그는 중·고등학교 시절엔 혼자서 독서를 하며 보냈다. 막내인 그는 나이 차 많은 언니·오빠들 덕분에 일찍부터 헤르만 헤세나 토마스 만 등의 독일 관념소설을 접할 수 있었다. 반장을 도맡아 했고 전교학생회장을 지내며 이른바 '범생이'로 학창시절을 보냈다. 그것이 오히려 소설을 쓰는 데 장애로 작용하였다.

1995년 등단 후 그동안 자신의 장기인 장편소설에 집중했던 그는 1999년 〈아름다운 여름〉을 펴낸 이래 일곱 권의 장

다시 서울로 돌아오는 길,

무서운 속도로 달리는 기차 안에서 나는 처음으로 격렬한

그리움을 느꼈다.

너무도 많은 것을 묻어둔 그곳, 해운대를 향해⋯⋯.

내가 나를 모르듯 아직도 나는 해운대를 모른다.

당신이 다녀온 해운대, 당 신 은 과 연   그 곳 을   알 고   있 는 가 ?

편소설과 소설집 〈칵테일 슈가〉를 발간했다. 그는 자신의 소설이 독자들로 하여금 여성으로서 '내가 누구인가, 그리고 어떻게 살 것인가'를 문득 깨닫게 하는 것이길 바란다. 즉 그의 소설 쓰기는 자신을 포함한 여성의 '정체성 찾기'이다.

〈신들의 황혼〉. '제주 고씨' 고은주가 부모들의 고향인 제주도를 배경으로 가족을 주제로 쓴 소설이다. 제주 4·3의 살육에서 가까스로 살아남은 아버지의 과거와 8·15나 6·25와 같은 역사적 사건과는 무관한 듯 살아가는 젊은 여성의 현재를 병치시켜 가족의 의미와 잊혀져 가는 현대사를 되돌아보게 하였다. 〈신들의 황혼〉은 바로 자신의 뿌리 찾기였던 것이다.

한편, 고은주는 예의 아나운서 경험을 바탕으로 대구방송과 한국방송의 문화 프로그램의 진행을 맡아 '문화메신저'로서의 역할도 했다.

아나운서 시절 직장선배들은 그를 '고양아'('미스고야'라는 뜻임)라고 부르며 놀렸다. 그러나 고양이를 좋아하는 그는 그 호칭에 오히려 친밀감을 느꼈다. 도도하며 날렵하고 호기심이 많은 동물이라서 그는 고양이를 좋아한다. 그래서 그의 장서표에는 독서삼매경에 빠진 고양이 한 마리가 새겨져 있다.

인간에 대한 예의, 사람에 대한 사랑

공지영 : 도도하지만 따스한 소설가

이른 아침, 촛불을 켜놓고 기도하고 있는 공지영의 뒷모습이 사뭇 경건했다. 가톨릭 신자인 그는 매일 아침을 이렇게 시작하는 모양이다. 밤새 마신 술기운이 채 가시지 않은 우리 일행은 동창으로 밝아오는 해를 맞이하며 분주하게 수선을 떨었다. 그의 작업실에서는 산 너머로 떠오르는 일출을 볼 수 있었다.

공지영의 평창 작업실에 몇몇 친구들과 다녀왔다. 수다를 떨며 밤새 통음을 하였고 다음날엔 그가 미사에 참여한다는 지척의 성당을 둘러보기도 했다.

공지영은 독자들에게 너무나 익숙한 소설가다. 1994년에 출간된 장편소설 〈무소의 뿔처럼 혼자서 가라〉를 시작으로 〈고등어〉, 〈봉순이 언니〉, 〈우리들의 행복한 시간〉 등으로 베스트셀러 작가가 되었다. 이른바 '후일담 문학'의 선두주자였으며, 박완서에서 이경자를 거쳐 내려온 여성소설의 전통의 흐름에 젖줄을 대고 있다고 평단의 주목도 받았다.

왈가닥(?) 공지영은 어릴 때부터 타인에게 눈에 뜨이는 운명이었나 보다. 합리적이고 남녀평등을 인정하는 집안 분위기에서 막내로 자란 그는 부모님의 사랑을 듬뿍 받고 자랐다. 글짓기, 연극, 무용, 피아노, 그림, 웅변, 작곡 등 끼가 다양해 각종 예술대회에서 상을 휩쓸었다. (그러나 노래대회에서만 상을 받지 못했다. 그래서 그 때의 한으로 노래방에 가면 좀처럼 마이크를 놓지 않는다). 초등학교 때는 전국백일장에 나가 상금으로 거금 3만원을 받기도 했다. 글을 써서 받은 첫 수입이었던 셈이니 진작 '재복이 있는 문사'의 기질을 드러

상처나 치유는 생이 계속되는 한 생겨나야 되는 것 아니겠어요.

혹자는 상처 입고 호들갑을 떤다고 하지만, 예술가란 낚싯대의

찌처럼 1mm쯤 미끼를 잡아당기면, 혼자서 그 열배로 춤을 추어서

겨우 물고기가 1mm쯤 잡아당기고 있는 사실을 알려야 하는

광대 같은 존재이기도 하지요.

냈다고나 할까. 중학1년 때 이미 언니에게 연애상담을 해 줄 정도로 조숙한 아이였던 그는, 당시 즐겨보던 명작 속의 인물 중에 자신과 유사한 성격은 모두 조연이라는 것을 알고는 절망했다. 브론테의 〈제인 에어〉에서 비로소 격렬하고 정열적인 자신과 닮은 주인공을 찾았다.

대학 시절에는 시와 소설로 학내문학상을 수상했고 졸업 후에는 작가회의에서 간사로 활동하기도 했다. 구로공단에서의 현장체험을 바탕으로 쓴 단편소설 〈동트는 새벽〉으로 1988년 창작과 비평으로 등단했다.

처음 공지영을 대면한 것은 90년대 중반 동갑내기 친구들의 모임에서였다. 그는 당시 장편소설 〈무소의 뿔처럼 혼자서 가라〉로 낙양의 지가를 올리고 있었다. 기억에 남는 첫인상은 도도함과 까다로움. 세월이 흘러 그가 마음을 열면서 친해진 것 같다. 그는 처음 대면하는 타인에겐 조금은 쌀쌀맞게 대한다. 하지만 마음을 준 상대에게는 한없이 너그럽다. 자신이 정한 거리에서 자신의 의도대로 관계를 맺는다. 부자연스러운 것을 못 견디는 편이고 자신의 영역을 침범당하는 것을 못 참아내는 성정이다. 그러나 불혹의 나이를 넘긴 이젠 부드러움이 넘쳐난다. 그도 세월의 힘엔 어쩔 수 없는 모양이다.

그의 인터넷 아이디는 '나옹이'다. 아이들과 함께 즐겨보는 에니메이션 '포켓몬스터'에서 악역으로 나오는 '나옹이'란 고양이가 자신과 닮아있다고 한다. 또 며칠만 생선을 먹지 못하면 입에 가시가 돋친다고 한다. 고양이가 그의 전생이었을까? 그래서 장서표에는 고양이가 새겨져 있다.

하늘엔 별, 땅에는 사람

금강 : 해남 미황사 주지스님

"눈이 펑펑 내려 달마산이 하얗네요. 눈 속에 동백과 매화라니… 금강"

눈이 펑펑 오던 날 스님이 보낸 휴대전화 문자 메시지의 내용이다.

한반도 남쪽 끝 해남의 아름다운 천년고찰 미황사. 그곳에 가면 달마산의 눈부시게 하얀 암벽병풍과, 처절하게 아름다운 낙조와, 붉디붉은 동백꽃을 볼 수 있다. 그리고 천진하고도 해맑은 미소의 금강 스님을 만날 수 있다.

스님은 그곳에서 마을 주민들과 더불어 지내며 대중과 더욱 가까운 절 만들기에 동분서주한다. 매년 여름과 겨울엔 한문학당을 열어 아이들에게 한문공부는 물론이고 자연과 함께하는 문화체험의 현장을 마련하고 있다. 또 가을이면 달마산 하늘의 별과 달을 차마 혼자서 보기 아까워 마을 사람들과 부근의 예술인들과 함께 '산사 음악회'를 연다. 이제는 조그만 마을잔치가 소문이 나 전국에서 사람들이 모여드는 큰 축제가 되었다.

금강 스님과의 첫 인연은 1990년대 중반 그가 잠시 미술관장을 맡고 있던 백양사의 고불미술관에서의 개인전 때였다. 그때 전시는 뒷전이었고 봄바람을 따라 스님과 남도기행을 신나게 했던 기억이 아직도 눈에 선하다.

그는 예술적 소양이 풍부한 학승이다. 대학원에서 불교미술사를 공부하였고 석탑이나 부도의 문양 등을 탁본을 해서 서너 차례의 전시회를 열기도 했다. 또 목청이 좋아 염불도 구수하게 잘한다. 언젠가 내

EX-LIBRIS

달마산 바위에 앉아 바다를 바라봅니다

오늘도 저 숲과 나무들은 온종일

바 람 에   시 달 릴   것 입 니 다

어떤 나무들은 허리가 휘기도 하고

나 같은 나무들은 이파리를 매단 관절 마디마디가

바 늘 로 찌 를 듯 이 아 플 것 입 니 다

도종환, 〈미황사 편지〉 중에서

전시회 뒤풀이 자리에서 부른 속세 노래 '찔레꽃'의 절창으로 동석했던 지인들이 입을 못 다문 채 감동한 적도 있었다.

한번은 스님과 함께 달마산 산행을 했는데, 암벽을 경중경중 뛰며 앞서가는 그를 쫓아가려고 고생했던 적이 있다. 과거 임란 때 왜군들을 혼비백산케 했던 승병들의 기상이 그런 모습이었을까.

스님은 퇴락했던 절집을 지금과 같은 미황사로 만들어놓은 주역이다. 그는 손수 지게를 지어 돌을 나르거나 굴착기를 직접 운전해서 흔적만 남거나 다 쓰러져가던 전각들을 복원했던 것이다. 오죽했으면 그곳의 주민들이 '지게스님'이라고 별명을 붙여 주었을까. 굳이 흠을 잡는다면 부도밭이 너무 정리되어서 지나는 객들의 눈맛을 잃게 만들었지만….

나는 그의 장서표에 범종을 시주하였다. 그의 대승적 자비의 마음이 종소리처럼 멀리 퍼지기를 바라면서. 🖎

불후의 명작 하나는 남기고 죽겠다

김명곤 : 장관에서 돌아온 우리 시대의 광대

…떠돌이 소리꾼 아버지는 딸, 아들과 함께 고단하고 지친 걸음을 옮기고 있다. 팍팍한 남도의 돌담길이다. 아버지가 '진도아리랑'을 선창한다. 딸이 이에 화답하면서 걸음이 가벼워진다. 점점 흥이 올라 아들도 북채를 잡는다. 세 사람은 덩실덩실 어깨춤으로 넘어간다…

소리꾼 아버지와 의붓남매의 기막힌 삶을 한의 정서에 담아낸 아름다운 영화 〈서편제〉의 한 장면이다. 장장 5분여에 이르는 롱테이크로 잡아낸 돌담길 장면이야말로 그 영화의 백미라고 할 수 있다.

소리꾼 역을 맡았던 이, 김명곤. 그는 우리 시대의 광대로 불린다. 많은 사람들은 김명곤을 그 영화를 통해서 기억한다. 그러나 그는 영화배우로서만 이야기될 수 없다. 연극배우이자 연출가, 민족극 운동가이며 국악인으로서 다재다능한 모습을 보이며 지난 세월을 치열하게 살아왔다. 또 국립극장 극장장, 문화부 장관을 맡아 문화행정가로서의 직책도 훌륭히 수행했다는 평가도 받았다.

나는 그를 〈바보선언〉이란 영화를 통해 처음 만났다. 밑바닥의 삶을 사는 동철과 그 주변 인물들을 내세워 80년대의 암울한 사회분위기를 드러내고자 했던 블랙코미디물 〈바보선언〉에서 그의 연기는 압권이었다. 나는 그 영화를 군복무 시절 휴가를 나와서 지금은 사라진 동시상영관에서 보았다. 화면 속의 그를 보면서 당시의 답답했던 가슴이 뻥 뚫리는 쾌감을 느꼈던 경험이 있다. 그 후 그를 직접 대면한 것은 그가 연출한 〈한줌의 흙〉 연극 공연 때였다. 그 무렵 김명곤은 연극 〈아리랑〉을 공연하며 동시에 극단 '아리랑'을 창단했

한恨에 묻히지 말고 그것을 넘어서라는 말씀을 하셨죠.

그래, 이제부터는 네 속에 응어리진 한에 파묻히지 말고

그 한 을 넘 어 서 는 소 리 를 해 라 .

영화 〈서편제〉 중에서

었다. 후속작으로 〈한줌의 흙〉을 준비했으나 공연장을 찾지 못해 민요연구회 연습장에서 공연을 하게 되었다. 무더위 속에도 좁은 지하공간을 꽉 채운 관객과 혼연일체가 되었던 무대로 기억한다. 그때 나도 마스터 인쇄로 찍은 조악한 포스터를 붙이는 일을 거들며 작으나마 힘을 보태기도 했다.

나는 그가 연출하거나 출연한 〈갑오세 가보세〉, 〈인동초〉, 〈점아 점아 콩점아〉 등의 무대를 빼놓지 않고 찾아갔다. 그의 작품들은 한국의 전통적인 정서를 바탕에 놓고 그 위에 사회 비판과 풍자의 정신을 담고 있었다. 명창 박초월 선생의 판소리를 사사한 소리꾼 김명곤이 열창을 했던 창작판소리 〈금수궁가〉는 그것이 아주 잘 드러나 있었던 것 같다.

그는 저서 〈김명곤의 광대기행, 한恨〉에서 많은 국악명인들의 삶을 이야기하며 자신의 광대론을 피력하기도 했다. 그 또한 광대로서의 삶을 살고 싶다고 했다.그는 문화 행정가로서의 직책 때문에 오래 떠나있었지만 그의 본령은 역시 광대일 듯하다. 나는 그 광대 김명곤이 그립다. ⌒

역사와 상상력이 만날 때…

김별아 : 붕새가 되고픈 작가

김별아 하면 우선 두 가지 사건이 떠오른다. 첫째는 수년전 어느 여름날, 신촌의 모 극장 앞 노천카페. 화사한 꽃무늬 원피스를 예쁘게 차려입고 나타나 수다를 떨던 모습이 너무 예뻤다. 그러나 갑자기 몰려온 강풍 때문에 낭패를 보았다. 그날 바람은 대단했다. 우리가 먹고 있던 김밥이 날아갈 정도로. 두 번째는 작년 이맘때의 일이다. 아마 모 출판사 송년회 자리였던가? 그는 술기운을 빌어 지인들에게 자신의 애정(?)을 거칠게 표현하는 버릇이 있다. 공교롭게 그날의 표적은 필자. 나는 그 후로 그와의 술자리에서는 빈 맥주병을 보이는 대로 치운다.

　김별아는 한국소설을 꽃피워갈 차세대 대표주자다. 교사였던 부모님이 적극적으로 독서 환경을 만들어주어 자연스럽게 문학적인 삶을 익혔다. 강원도 바닷가 강릉에서 태어나 어린 시절을 '범생이'로 보냈다. 그가 소설가로서 한평생을 살기로 작정한 것은 고등학교 시절 문학 동아리 활동을 하면서부터다. 소설책을 끼고 경포대 바닷가에서 경월소주를 까먹으며 청소년기를 방황하며 보냈다. 그의 자전적 소설 〈개인적 체험〉을 보면 알 수 있듯이, 고3 겨울방학 때는 두 달가량 버스안내양 생활도 했다. 대학시절엔 학생회 활동을 하며 최루탄 가스를 마시며 거리에서 보냈고, 구로공단에서 현장체험을 하는 등 20대를 치열하게 보냈다. 그때의 경험이 그 문학의 자양분이 되었으리라. 그는 1993년 〈실천문학〉에 중편 〈닫힌 문 밖의 바람소리〉로 등단했다. 그 후 다섯 권의 장편소설과 두 권의 소설집, 그리고 산문집과 동화집을 부지런하게 엮어냈다. 특히 장편소설 〈미실〉로 세계일보 장편공모상을 거머쥐며 베스트셀러작가로 부상했다.

세상에는 이해할 수 있는 것과
이해할 수 없는 것이 있는 게 아니라.
이 해 하 고 싶 은 것 과 이 해 하 고 싶 지 않 은 것 이
있는 건 아닌지.
〈영이별 영영이별〉 중에서

그를 이야기 할 때 빠질 수 없는 것이 있다. 그는 축구광이다. 어렸을 때부터 축구대항전을 즐겨보았다는 그는 '펠레'나 '에우제비오' 등의 외국선수 이름과 경력까지 줄줄 꿰고있다. 그래서 2002년 한일월드컵 때는 일간지에서 '축구칼럼'의 단골필자로 활약했다. 축구를 소재로 한 장편소설 〈축구전쟁〉을 펴내기도 했다.

그의 좌우명은 '착하게 살자'이다. 초등학생인 아들이 숙제로 가훈을 써달라고 하기에 '착하게 살자'라고 적어주었다나. 김별아는 착하다.(?) 실감이 나지는 않지만 그는 30대의 가정주부인 것이 분명하다. 그는 '딸'이며 '아내'이며 '엄마'로서의 자신의 경험을 사회·문화적 현상에 비춰 솔직담백한 생각들을 산문집 〈식구〉에서 풀어내었다.

김별아는 분위기 메이커이다. 출판모임 등의 뒤풀이에서 내 또래들이 발라드 등의 처진 노래로 분위기를 가라앉히면 그는 단숨에 격렬한 춤과 노래로 주변의 분위기를 확 띠운다. 그의 말은 거침이 없지만 뒤탈이 없다. 나는 그런 김별아를 바라보는 일이 즐겁다.

　그는 자신의 장서표에 '봉새'를 새겨 달라고 했다. 어디에
도 얽매이지 않고 자유로운 정신세계를 마음껏 누리는 위대
한 존재이며 단번에 구만 리를 난다고 하니 부럽다나. 그러
나 그도 나도 봉새를 본적이 없다. 그날 밤 꿈에 봉새를 보았
다. 꼭 이렇게 생겼더라.

병 속의 새를 어떻게 꺼낼 것인가

김성동 : 삼 판의 인생을 사는 작가

'비사란야非寺蘭若'

김성동 선생이 거처하고 있는 곳의 일주문 격인 녹슨 대문
엔 이렇게 쓰여 있다. 란야蘭若란 범어의 한자음으로 절집이
라는 뜻이다. 이른바 '절집 아닌 절집'이라는 의미니 비승비
속의 삶을 살고 있는 집주인의 이력을 단박에 느낄 수 있게
한다.

경기도 양평군 청운면의 끝자락 산중턱에 자리한 이곳은
영락없는 절집이다. 안방의 문 위에는 사인펜으로 쓴 '용화
전' 종이편액이 붙어 있고, 그가 현몽 후에 냇가에서 발견했

다는 자그맣고 예쁜 돌부처가 모셔져 있다. 나는 그 절집(?)
에다 뒤늦은 초파일 연등을 걸며 지난날을 떠올렸다.

김성동 선생 하면 먼저 소설 〈만다라〉가 떠오른다. 나는
〈만다라〉를 떠올릴 때마다 상처를 안고 미국 땅으로 이민 간
어릴 적 친구가 그리워진다. 고등학교를 막 졸업한 우리는
이젠 숨어서 마시지 않아도 된다는 해방감을 만끽하며 "병
속의 새를 어떻게 꺼낼 것인가" 하는 화두를 안주삼아 막걸
리에 흠뻑 취하곤 했다.

선생은 종종 '나는 세 판의 인생을 살고 있다'고
우스갯소리로 말한다. 세 판이란 돌판(바둑) 중판(수
도) 글판(문학)이다. 그의 범상치 않은 삶의 내력은 근대
사의 수레바퀴에 치인 비극적인 가족사에서 비롯되었다. 나
는 선생의 신산했던 삶의 역정에 숙연해진다.

그는 어린 시절을 좌익활동을 하다 처형당한 부친으로 인
한 그늘 때문에 암울하게 보냈다. 번뇌를 떨치고자 입산, 청
소년기를 수도승 생활로 보냈으나 그것조차 순탄치만은 않

문 학 은　그 리 움 이 야 .
이루어지지 않는 것에 대한 그리움.
문학의 유효성이 어디 있냐고?
갈빗대 밑을 후비는 힘에 있지.
개인을 넘어서 세상을 위무하는 힘.

았다. 그가 쓴 소설의 파장으로 만들지도 않았던 승적을 박탈당했으며, 그렇게 속세로 돌아온 이후로도 지금까지 비승비속의 삶을 이어가고 있다.

선생은 한문에 대해 해박한 지식을 가지고 있지만 우리말에 대한 애정 또한 깊다. 〈김성동의 천자문〉은 천자문을 통해 고전의 지식과 현실에 대한 비판 정신을 읽을 수 있어서 좋았지만, 곁들여 고유의 우리말을 배울 수 있어서 더욱 좋았다.

선생이 자칭하는 별호는 여럿이다. 공부 좀 하라며 내게 건네준 〈김성동의 천자문〉엔 전중거사前中居士라고 사인되어 있고, 책의 서문에는 무유거사無有居士라고 쓰여 있다.

1990년대 초에 만들었던 선생의 장서표에는 이니거사履泥居士가 등장한다. 진흙탕의 속세를 굳건하게 밟고서 구도의 길을 걷고 있는 그의 모습과 썩 잘 어울리는 것 같다.

선생의 걸음걸음마다 아름다운 연꽃이 피어나는 것을 본다.

움직이는 한국학 도서관

김영복 : 인사동 '문우서림' 대표

문 위에 '글벗책방'이라는 우리말 간판이 반긴다. 그러나 주인은 오늘도 역시 부재중. 문이 굳게 잠겨 있다. 나는 먼저 전화로 그의 부재를 확인하지 않은 걸 후회하면서 투덜거리며 돌아 나온다. 그러고는 그에게 휴대전화 버튼을 누른다.

인사동 거리에 나가면 자주 들르는 장소가 있다. '문우文友서림'이다. 그곳에 가면 오랜 세월을 견뎌낸 누렇게 바랜 한적漢籍들과 고서古書 1만여 권이 반긴다. 그리고 조선의 선비화가 공재 윤두서를 닮은 김영복을 만날 수 있다.

김영복은 '움직이는 한국학 도서관' 또는 '인사동 지킴이'라는 별명을 가지고 있다. 서지학자로서 민학회 이사, 이문학회 강사 등의 많은 활동을 하고 있다. 자신은 단지 '책장사'라고 겸손해하지만 그의 한문 실력은 천하에 알려져 있다. 특히 전고典故에 해박한 그는 〈경국대전〉 초간본을 최초로 발견했고 이태 전엔 근대미술사에서 매우 중요한 의미를 지닌 〈예림갑을록〉을 발굴했다.

〈예림갑을록〉은 완당 김정희와 소치, 전기 등의 제자들이 글씨와 그림의 품평마당을 벌인 후 그 결과를 기록한 책이다. 그는 그 품평 모임의 절대연대가 헌종 15년인 1849년임을 밝혀냈다. 요즘은 〈역사문화 시각으로 바라본 북한산 이야기〉, 〈아이와 함께 읽는 한자 1800자〉나 〈우리 고전을 어떻게 읽을 것인가〉 등의 책 집필 준비에 바쁘다.

강원도 원주에서 태어난 그는 유년기를 서당에서 보냈다. 그때의 한문 공부가 바탕이 되어 고등학교 때 이미 '통문관'에서 아르바이트를 했다. 〈삼국사기〉, 〈삼국유사〉, 〈연려실기술〉, 〈동문선〉 등의 동양고전을 이때 모두 섭렵했다.

1974년에 인사동에 들어왔으니 30여년을 고서의 향을 맡

인사동은 문화의 늪입니다. 한번 들어오면 빠져나가기 힘듭니다.
돈도 못 벌고 이름도 드날릴 수 없고, 문화의 파수꾼이란 긍지도
가질 수 없지만 그래도 나름대로의 향취와 매력이 있어
빠져나가기 힘들지요.

으며 살고 있다. 문우서림은 인사동의 명소이다. 그곳을 찾는 많은 학자들과 문인들의 면면을 보면 알 수 있다. 문인 중에는 시인 신경림, 김지하, 소설가 김성동, 문학평론가 임우기 등이 그와 깊은 교류를 맺고 있다.

술과 사람을 좋아하는 그가 지인에게 오래전부터 자주 듣는 말이 있다. '술 좀 그만 자시지요.' 내가 그를 처음 만났을 때도 그는 불콰한 얼굴을 하고 있었다. 1991년 나의 첫 개인전이 열렸던 그림마당 민 화랑에서였다. 인사동 터줏대감인 자신에게 신고하라며 내미는 손을 덥석 잡은 것이 인연이 되었다. 그 덕분에 그가 소장하고 있던 많은 고서에다 고판화와 장서인을 쉽게 접할 수 있는 행운을 얻었다.

김영복의 호는 '단군을 연구하는 조그만 봉우리'라는 뜻의 '단잠檀岑'이다. 달콤한 잠을 뜻하는 '단잠'으로 읽히기도 하니 스스로 느림의 미학(?)을 추구한다는 그에게 잘 어울린다. 나는 그의 장서표에 그가 존경하는 서지학자 이인형 선생의 장서인의 내용인 '소나무에 기대어 있는 사람의 형상'을 상상해서 새겨 넣었다. ᴥ

깊은 강은 멀리 흐른다

김영현 : 소설가요, 시인이며, 출판사 사장

김영현 형을 만나기 위해 '실천문학사'를 방문했다. 그는 나를 보자마자 그동안 자신이 그렸다는 서화 스무 여 장을 보여준다. 아마추어 수준이지만 문인의 그림답게 문기가 언뜻 비친다. 그는 국보급(?) 손을 가지고 있다. 녹차를 따르는 그의 손으로 자꾸 시선이 간다. 나의 시선을 의식했는지 그렇지 않아도 독수리 타법으로 원고를 쓰는데, 투박한 손가락 끝마디 때문에 종종 곁의 키까지 동시에 누르게 되어 더욱 타자속도가 늦어진다고 우스갯소리를 한다.

김영현은 소설가이자 '실천문학사' 대표이다. 1984년 창작과비평사를 통하여 〈깊은 강은 멀리 흐른다〉를 발표하면서 작품 활동을 시작한 이후 아홉 권의 소설집과 네 권의 시집을 상재했다. 그의 문학은 '역사의 진보라는 세계관을 유지하면서 주인공의 내면풍경에 초점을 둔 감각적 문체로 새로운 글쓰기의 전형을 보여주었다'는 평을 받아왔다.

그는 1998년 부도의 위기에 있던 실천문학사를 맡아 다시 궤도에 올려놓았다. 역사인물 찾기 시리즈 중, 〈체게바라 평전〉을 기획하여 신세대들 사이에 체게바라 열풍을 불러일으키기도 했다.

경남 창녕이 고향인 그가 세상을 향해 첫울음을 터뜨렸을 때 시골 한의사였던 선친은 이미 지천명이었다. 십남매 중 아홉째인 그는 한약냄새 가득한 사랑방에서 선친에게 한문을 배우며 유년기를 보냈다. 자연 동네 어른들의 품에서 지내게 되어 '영감'이라는 별명을 얻었다. 그는 대구에서 유학생활을 하며 사춘기의 열병을 심하게 앓았다. 카뮈의 〈이방인〉을 접하고 나선 며칠간 잠을 이룰 수 없어 비를 맞으며

도시에서 온 놈들은 겨울 들판을 보면 모두 죽어 있다고 그럴 거야.
(…) 농사꾼들은 그걸 죽어 있다고 생각지 않아.
그저 쉬고 있을 뿐이라 여기는 거지. 적당한 햇빛과 온도만 주어지면
그 죽어 자빠져 있는 듯한 땅 에 서 온 갖 식 물 들 이
함 성 처 럼 솟 아 나 온 다 이 말이네.
〈포도나무집 풍경〉 중에서

돌아다녔다. 감상적 허무주의에 빠져 대학전공은 주저 없이 철학과를 택했다. 니체를 본격적으로 공부하고 싶다는 욕심 때문이었다. '차라투스트라'처럼 초인의 삶을 살고 싶었던 모양이다.

대학 3년 때 대학 문학상을 수상하며 소설가의 꿈을 꾸기 시작했다. 하지만 세상은 조용히 문학을 하도록 그를 가만히 내버려두질 않았다. '시위미수 사건'으로 1년 6개월의 수감 생활을 했고 반강제로 군에 입대했다. 광주 민주화운동이 터진 날 보안대에 끌려가서 보름 가까이 고문도 당했다. 현대사의 질곡을 몸으로 때우며 몸으로 소설 습작을 한 셈이다.

80년대적 상처를 움트는 생명의 힘을 통해 가능성과 위안으로 전환한 단편소설 〈포도나무집 풍경〉을 읽고 나서 그의 장서표를 새겼다. 벌써 10여 년 전의 일이다. 🖾

시가 중요한 게 아니라 삶이 중요하다

김용택 : 섬진강 시인

"어! 산이구나. 어디냐 나 지금 술 마시고 있다. 이젠 나도 맥주 3병쯤은 끄떡없이 마실 수 있다. 술이 이렇게 좋은 것인지 몰랐다. 빨리 내려와라, 한잔하게. 이젠 너희들 꼼짝 말아다."

선생과의 전화 통화내용이다. 수화기 너머 숨도 돌리지 않고 구수한 사투리를 쏟아내며 향상된 주량을 과시하는 모습이 천진난만에 가깝다. 그동안 맥주 한잔이 정량이던 그는 가까이 살고 있는 시인 안도현 때문에 술이 늘었다고 원망 아닌 원망을 해왔다.

선생은 50대 후반이라는 나이에도 상관없이 천진무구한 동심을 가지고 있는 사람이다. 나는 동갑내기 친구 안도현의 대범한 호칭을 좇아 13년이나 연상인 나이 차에도 불구하고 그를 '형님'이라고 부르고 있다. 그것은 그의 외모와 언행이 나이에 비해 젊기 때문이기도 하지만 친밀감의 표현이기도 하다.

선생의 이름 앞에는 항상 따라 붙는 수식어가 있다. '섬진강 시인 김용택'.

섬진강은 그의 시의 모태이자 젖줄이다. 그는 섬진강가에서 태어나 그곳에서 자라고 30년 넘도록 섬진강이 보이는 초등학교에서 아이들을 가르치고 있다. 그는 섬진강을 노래한 시를 발표하면서 등단했으며 그의 첫 시집의 제목도 다름 아닌 〈섬진강〉이었다. 그는 어느 글에서 '나는 사랑한다. 나를, 그리고 내가 태어나 걸었던 강 길과 그 길에서 만난 풀과 나무와 봄과 여름의 풀꽃들과 비 오는 산과 눈이 내리는 강물과 몸을 다 눕히는 봄 풀잎들, 새로 잎 피는 나무와 노을이 져버린 겨울 강가에 떠 있는 하얀 억새들, 멀리 날아가는 새와 그 속에 허리 굽혀 땅에 씨

내가 가고 해가 가고 꽃이 피는

작은 흙길에서

저녁 이슬들이 내 발등을 적시는

이 아름다운 가을 서정을 당신께 드립니다.

〈가을〉 중에서

를 뿌리고 농사를 짓고 사는 농부들을 나는 노래해 왔다'라
고 토로했다.

그는 몇 년 전 국회의사당 앞에서 1인 시위를 벌인 적이
있다. 전북 순창군에 적성댐 건설이 추진되면서 그의 고향마
을이 수몰될 위기에 처했기 때문이었다. 섬진강을 아끼고 사
랑하는 그의 당연한 행보였다. 그의 시위가 힘을 발휘했는지
그 뒤 댐 건설은 잠정 유보되었다고 한다.

그의 생가가 있는 진메마을 초입에는 평생 농사일을 하셨
던 그의 선친과 그 자신이 어릴 때 심은 느티나무 두 그루가
서 있다. 그 느티나무들은 이제 그 마을의 상징이 되었다. 마
을사람이나 섬진강을 찾아 드는 여행객들에게 쉼터의 역할
을 톡톡히 하고 있다. 나는 섬진강을 지키고 있는 그 나무와
함께, 그 나무의 주인들을 솟대로 의인화하여 장서표 작업을
하였다.

"기다리는 것들은 오지 않음을 알면서
나는 날마다 산을 기다린다"

그가 상재한 〈연애시집〉에 수록된 〈산을 기다린다-도현에게〉라는 시의 구절이다. 물론 필자인 나를 기다린다는 뜻은 아닐 테지만, 나는 그렇게 읽으며 미소 짓는다.

아, 이 봄꽃 다 흩어지기 전에 나를 기다리고 있을 '초보 술꾼'과 합류하고 싶다. 🖼

그리운 '인숙전'

김인숙 : 소설가

"렌슈! 쭈 니 젠캉."

　김인숙이 가르쳐준 '건강하게 지내라'는 뜻의 중국어 인사말이다. 그는 지금 중국의 대도시 베이징에서 살고 있다. 매일 두 시간씩 공원을 산책하며, 소설을 쓰고, 중국어 공부도 하고, 가끔 칭다오 맥주도 마시며.

　그는 등단 20년을 넘긴 중견작가다. 또래들이 자신의 길을 찾아 방황하며 첫발을 세상에 막 들여놓았을 나이 스물한 살에 그는 이미 소설가였다.

　그는 어느 문학상의 당선소감에서 '나는, 내가 글쓰는 사람이라는 사실을 당당하게 말할 수 있는 날이 오기만을 기다렸다. 그것이 20년 동안 내가 미련하게 글만 쓴 최초의 이유가 되었다. 그리고 그것은 지금 내가 여전히 글을 쓰고 있는, 그리고 앞으로 쓸 수밖에 없는 유일한 이유이기도 하다'라고 말했다.

김인숙은 80년대의 출렁거림을 비켜가지 않았다. 사실 그에 대한 첫 이미지는 '문예운동가'였다. 아마도 처음 접했던 장편소설 〈'79-'80 겨울에서 봄 사이〉 때문이었으리라. 그는 소설로써 80년대의 열정을 고스란히 몸으로 껴안으며 살았고, 90년대 이후엔 현대사회를 사는 인간 내면의 세계를 잔잔하게 천착하며 적극적으로 대응해 왔다. 누구도 부정할 수 없는 이 시대의 작가인 것이다.

그는 미모(?) 또한 뛰어나다. 가까운 동네에 살던 그와 종종 술자리에서 어울리곤 했는데, 나는 그의 모습을 보면서 서운해 한 적이 한두 번이 아니다. 그는 주로 화장기가 전혀 없는 맨얼굴에 모자를 눌러쓰고 슬리퍼를 끌고 나타났기 때문이었다. 갑자기 불러낸 탓이기도 하겠지만, 그는 나를 전혀 '남자'로 의식을 하지 않았던 게다.

우기가 아니었음에도 비가 잦았던 얼마간, 비는 밤마다 천둥과
번개를 함께 한 채로 쏟아져 내리곤 했다고 했었다.
그리고 그는 그 비명 소리를 들었노라고 했다. ……
그러나 절벽 위에 선 그의 창문에는 번개와 천둥에 실린 어둠뿐,
아 무 것 도 보 이 지 가 않 았 다 고 했 다 .
〈먼길〉 중에서

그는 요리 솜씨도 끝내준다. 언젠가 지인들과의 저녁모임 때 부쳐준 부침개의 맛을 아직도 잊을 수가 없다. 마침 밖에는 비가 오고 있었고…. 그 자리에서 우리는 그 부침개에 '인숙전'이라는 이름을 붙여주었다.

지난 장서표 전시회에서 그림들을 관객에게 설명하고 있을 때, 김인숙의 장서표 앞에서 어느 관객이 미소 지으며 알은체를 했다. "아하, 이건 무용가의 장서표네요." 하지만 그의 장서표에 관련된 사연은 이렇다.

그는 글을 쓰느라 오랜 시간 앉아 있었으므로 몸을 움직이고 싶었던지 춤을 추고 싶다고 했다. 그리고 얼마 후 다시 전화가 왔다.

"그냥 고양이를 그려줘."

"왜?"

"응 고양이를 좋아하거든…."

그래서 그의 장서표에는 춤추는 그를 바라보며 흑심을 품고 있는 검은 수고양이가 그려져 있다.

모순을 베는 예리한 칼

김정환 : 시인

〈지울 수 없는 노래〉, 〈황색예수전〉, 〈회복기〉, 〈좋은꽃〉, 〈해방서시〉. 20대 때 가벼운 주머니를 털어서 구입해 보던 책들 중에 특히 애착이 가는 시집들이다. 그 시집들의 저자 '김정환'은 물론 시인이다. 아니, 시인이라고만 말하기에는 그의 보폭은 너무나 넓다.

1980년 등단 이후 그는 누구보다도 치열하게 살았고 왕성하게 노래했다. 그는 현실변혁에 대한 자기확신과 열정을 시로 쏟아냈을 뿐만 아니라 문화운동가로서도 정열적인 활동을 해왔다. 스물 여권의 시집과 소설, 평론, 희곡, 번역서, 역사서와 음악 감상서 등 100여 권에 이르는 다양한 장르의 책을 묶어 냈고 노동자문화운동연합 의장, 민족문학작가회의 상임이사 등을 지내며 80년대 군사독재와 맞서 최전선에서 투쟁을 했다. 또한 그는 풍부한 인문학적 지식을 바탕으로 전방위적 활동을 해왔다. 한 때는 FM음악방송의 진행자로 클래식 음악의 안내자 역할을 하기도 했으며 현재는 한국문학학교 교장으로서 후학들을 양성하는데 힘을 쏟고 있다.

나는 그를 처음 만났을 때, 도대체 그의 시와 어울리지 않는 용모(?)에 당황했었지만 곧 그를 통해 '시인의 이미지'에 대한 선입견을 교정했다.

그는 소탈한 사람이다. 용모나 꾸밈 따위에는 도무지 무신경하다. 아니 어쩌면 그는 그만의 스타일이 있다고도 할 수 있다. 제각각 흘러내린 헝클어진 머리카락에 사시사철 입고 다니는 체크무늬의 노란색 남방셔츠, 게다가 여름이면 끌고 다니는 목욕탕용(?) 슬리퍼. 이른바 '김정환 스타일'의 패션이다. 또 영문학과 출신답게 항상

멀리서
나는 그대의 가장 초라한 곳을 벗긴다
가난에 찌든 화려한 영혼을 보듯이
그대의 가장 부끄런 눈물을 들여다본다
헐벗은 사람들과 만난다 그대 몸 속의
가 장   순 수 한
〈사랑 노래〉 중에서

손에 들고 다니던 세익스피어 원전은 그의 액세서리라고 할
수 있다 (결국 그는 얼마 전에 '세익스피어 평전'을 번역 출간했
다). 한동안은 세익스피어 원전 대신 캠코더를 들고 다니면
서 일상의 풍경과 지인들의 얼굴에 마구 들이 대기도 했다.

그를 이야기 할 때 빼놓을 수 없는 것은 술이다. 도대체 그
많은 글을 언제 썼는지 의심이 들 정도로 술자리를 좋아하는
그는 여태껏 술을 마시고 탈이 나본 적이 없다고 한다. 주로
맥주에 소주를 타 마시는데, 나는 언젠가 빈속에 그가 제조
한 '소맥'을 주는 대로 받아 마셨다가 고생을 한 뒤로는 그
와의 술자리가 두렵기까지 하다.

이대로 만남을 시시하게 청산할 수 없어
몇 천 년을 가슴속에서 징징 울던 칼이
이제 외치고 있어
사랑과 칼과 만남의 흔적에 대하여
그 피비린 관계에 대해서
〈갈 길〉의 일부

71

〈갈 길〉은 그의 연작장편시 〈황색예수전〉에 수록된 작품
이다. 나는 그 시에서 장서표의 소재를 따왔다. 그 무렵 나는
시대를 감지하고 모순을 베는 예리한 칼을 가진 사람, 김정
환을 보았다. 🖼

폭넓은 사유와 거침없는 상상력

김형경 : 소설가

난생 처음 사주를 보았다. 김형경은 이미 폐업(?)한 지 오래라고 손사래를 쳤지만, 내가 누구인가. 당연히 떼를 썼다. 복채로 내놓은 '강화도 관광여행권(?)'의 유혹에 마지못해 오행과 간지 등을 꼽아보며 사주풀이를 해주었다.

그는 나의 과거를 거의 정확하게 맞추었다. 귀신이다. 사주는 삶의 참고로만 하라고 지당하신 당부도 잊지 않는다. 그래도 그가 일러준 운대에 나의 미래를 대입해보며 운명을 그려보았다.

김형경은 사주를 잘 푸는 작가로 소문 나 있다. 독학으로 명리학을 공부했다. 명리학은 인간의 생을 이야기하는 소설가인 그에게 호기심을 자극했으리라. 그는 어린시절부터 책 읽기를 좋아해 동식물 도감, 철학서와 정신분석 전문서적 등을 닥치는 대로 읽어치웠다. 특히 '셜록 홈스'와 '뤼팽' 등의 탐정소설의 인물에 매료되어 탐정이 되고 싶었으나, 고등학교 시절 현실적 조건에 맞추어 소설가의 꿈을 키우게 되었다. 진학 잡지를 보고 〈소나기〉의 작가 황순원이 재직 중인 대학을 선택했다. 대학 때는 이미 학내 문학스타였던 박덕규, 류시화, 이산하 등 문예장학생 출신의 동문들에게 기가 죽어지내기도 했으나 연극반 활동을 하면서 습작에 매달렸다.

1983년, 시로 〈문예중앙〉 신인상을 받으며 등단하였고, 1985년에는 〈문학사상〉에 중편 소설 〈죽음잔치〉가 당선되면서 소설가의 길로 들어섰다. 이후 다섯 권의 장편소설과 두 권의 소설집 그리고 한 권의 시집을 펴냈다. '무미한 일상에 드리운 사랑과 성, 그리고 죽음의 문제까지, 비밀스럽고도

우리는 무엇을 힘들어 하는가. 우리에게 버거운 것은 어깨 무거운 이데올로기나 눈부시게 먼 이상이 아니다. 불합리하고 질척거리는 현실도 아니다. 그것들은 오히려 얼마나 명확한가. 우리가 진정으로 참을 수 없는 것은 자기 자신, 그리고 젊음일 것이다. 사방이 자욱한 안개에 싸여 한 치 도   눈 앞 이   보 이 지   않 는   젊 음 .
〈새들은 제 이름을 부르며 운다〉 중에서

위험한 주제를 폭넓은 사유와 거침없는 상상력으로 천착해 온 작가'라는 평을 받아왔다.

지인들은 그를 '바른생활 소녀'라고 부른다. 김형경 자신도 스스로 '작가로서 아우라가 없는 사람'이라고 말한다. 그러나 그에게도 작가 특유의 기행이 있다. 그는 삶의 전반부에서 후반부로 넘어가는 전환기인 40대를 힘들게 통과했다. 전 재산이었던 작은 아파트를 팔고 그 돈으로 여행을 떠났다. 2년에 걸쳐 유럽과 뉴질랜드, 타히티 등을 떠돌아다녔다. 그리고 그 와중에 소설을 썼다. 그는 '삶에서 얻은 것을 소설을 통해 동시대의 다른 사람들과 공유함으로써 그들의 삶을 보다 긍정적인 방향으로 개선하는 데 일조하고 싶다'고 말한다.

90년대 중반, 내 개인전이 열리고 있던 인사동의 화랑에서 그를 처음 대면했다. 장편소설 〈새들은 제 이름을 부르며 운다〉를 통해서 이미 익숙해 있던 그를 보자 단박에 친밀감이 들었다. 문학상 수상작이었던 이 소설은 80년대를 미술운동을 하며 보냈던 20대의 나를 포함한 선후배들의 이야기다. 소설 속에 묘사된 미술작품과 인물의 모델이 되었음직한 현실속의 작품과 인물을 떠올리며 읽는 맛이 쏠쏠했었다. 그의 장서표는 이 소설에서 기인했다.

  김형경은 자신의 장서표에 대해 조금은 불만을 가지고 있다. 장서표 속에 들어있는 새가 통통해서라는 것이다. 당시 보름달이었던 자신의 얼굴이 이젠 반달이 되었으니 장서표에도 반영을 해 달라는 게다.

물살을 거슬러 올라···

김형수 : 시인이자 소설가

"어, 형수형! 많이 하얘졌네요."

그를 만나자마자 내 입에서 튀어나온 말이다. 좌중의 지인들도 웃으며 맞장구를 친다. 김형수 하면 먼저 그의 까만 얼굴부터 떠오른다. 스스로 촌놈이라고 말하는 그는 시인, 소설가, 문학평론가로서 전방위적 활동을 하고 있다. 80년대의 그는 치열한 논쟁과 새로운 담론을 생산하며 민족문학을 이끌어온 대표적인 논객이었다. 현재는 '민족문학작가회의' 사무총장으로서 바쁜 나날을 보내고 있다. 이태 전에는 남북한 문학인의 축제인 '남북작가회의'를 성공리에 마쳐

나는 왜 자꾸만 예민하게 구는가
져야 할 땐 아낌없이 질 줄도 알아야 해
벌레 먹은 대로
바람구멍이 난 대로
고집스레 매달려 어쩌자는가
〈빗방울에 대한 추억〉 중에서

남북 문화교류에 큰 힘을 보탰다.

80년대 후반 작가회의 행사 뒤풀이 자리에서 그를 처음 만났지만, 정작 친해진 계기는 나와 답사여행을 같이하던 친구 이형권의 답사기 출판기념모임에서였다. 당시 나는 〈녹두꽃〉, 〈노둣돌〉 등의 지면을 통해 문예투사로서의 이미지를 가지고 있는 그에게 조금은 주눅이 들어 있었는데, 그의 강성 이미지와 달리 조금은 촌스럽고, 겸손한 언행에 인간미를 느낄 수 있어 좋았다. 그러나 그에게 전혀 불만이 없는 것은 아니다. 상대방이 부담을 느낄 정도의 겸손함이 문제인 것이다. 그는 후배들에게도 좀처럼 말을 놓지 않는다. 그것이 오랜 기간의 만남에도 불구하고 더욱 친밀감을 가지고 대할 기회를 차단하는 것이다.

시인으로서 김형수는 시집 〈빗방울에 관한 추억〉에서 따뜻한 인간애를 보여주었다. 시대의 변화에 흔들리는 자신에 대한 직시를 통해 세상과 삶의 진실의 모습을 그려내었다. 소설에서도 자전적인 요소들을 끌어들여 천민자본주의 시대를 사는 우리가 무엇을 상실해 가고 있는지, 그리고 무엇을 지켜내야 하는지 깨우쳐 주고 있다.

그가 사석에서 현실에 상처받고 힘들어하는 후배들에게 주로 하는 말이 있다. "죽은 고래는 아무리 커도 물살을 따라 흐르지만 살아있는 송사리는 작아도 물살을 거슬러 오를 줄 안다." 역경을 넘어 자신이 선택한 길을 결연히 걷겠다는 의지를 엿볼 수 있는 대목이다.

그의 장편소설 〈나의 트로트시대〉 첫 장에는 이렇게 쓰여 있다. '내 말의 고향/밀래미 장터에 바친다.' 그의 고향마을 함평 '문장'의 옛 이름 '밀래미'는 매미고개라는 뜻이다. 어린시절 그는 심하게 말을 더듬었다고 했다. 말을 잘 못해서 글자를 먼저 배웠다며 자신이 매미 같다는 이야기를 했다. 그래서 나는 그의 장서표에 '밀래미'의 매미를 새겨 넣었다.

한여름 산천에 가득 울려 퍼지는 매미울음처럼 그의 문학도 치열히 정점을 향해 가리라 믿는다. 🌄

가을 냄새가 나는 사내

김훈 : 소설가

하늘은 높고 푸르다. 대지는 황금빛으로 출렁인다. 앞서가는 사내의 뒷모습에서 가을 냄새가 난다. 그가 바로 김훈이다.

김훈 선생을 따라 자전거 여행을 했다. 오랜만에 밟아보는 페달의 저항감에 조금은 위축되었다. 앞장서 달리는 선생을 따라가느라 대여점에서 빌린 나의 자전거는 땀을 뻘뻘 흘리며 삐거덕거렸다. 얼굴에 부딪히는 가을바람이 상쾌했다. 전방에 장애물이 나타났다. 선생은 어김없이 자전거를 세우고 주의사항을 일러준다. 의외의 자상함에 부성애(?)가 느껴진다.

김훈은 이제 소설가다. 27년 간 언론에 몸담은 전직 기자이기도 하다. 글 잘 쓰는 문학 기자로 이름을 날렸다. 예민하고 유려한 문체로 여러 시인과 소설가들을 긴장시켰다. 그 시절, 그는 객관적인 기사쓰기에서 벗어나 주관적인 글쓰기를 시도했다. 그러나 이러한 시도는 오랜 언론관행과 마찰을 빚을 수밖에 없었다. '이럴 바에야 소설을 써서 내가 생각하는 진실을 내 방식대로 기록하자'는 결심이 서면서 소설가가 됐다. 그 동안 일곱 권의 산문집과 등단작인 〈빗살무늬토기의 추억〉을 포함한 네 권의 장편소설을 상재했다. 그는 아직도 컴퓨터 자판에 익숙지 못하다. 원고지에 연필을 꾹꾹 눌러 한 자씩 글을 새긴다.

김훈은 이미 지천명을 넘긴 지 오래지만 아직도 '사내'라는 표현이 잘 어울린다. 그는 각성하지 않는 한심한 '마초'라고 소문이 나 있다. 하지만 나는 그의 몸놀림에서 진심과 위악을 구분해낼 수 있다. 마초적 발언을 거침없이 쏟아낼 때는 고개를 끄덕이며 '크크' 웃음소리를 낸다.

아들아. 사내의 삶은 쉽지 않다. 돈과 밥의 두려움을 마땅히 알라.
돈과 밥 앞에서 어리광을 부리지 말고 주접을 떨지 말라.
··· 사내의 한 생애가 뭣인고 하니, 일언이폐지해서, 돈을 벌어 오는
것이다. 알겠느냐? 이 말이 너무 심하다고 생각하느냐? 그렇지 않다.
이 세상에는 돈보다 더 거룩하고 본질적인 국면이 반드시 있을 것이다.
〈아들에게 보내는 편지〉 중에서

〈칼의 노래〉. 나는 처음 이 책을 접하면서 요절한 판화가 '오윤'을 떠올렸다. 고 오윤의 생애 처음이자 마지막 개인전의 전시명이 〈칼 노래〉였다. 김훈이 처음 명명했던 이 책의 제목이 '광화문 그 사내'였다는 후일담을 듣고 박장대소한 적이 있다. 나는 〈칼의 노래〉를 읽으면서 임란의 영웅 이순신이 아닌 김훈 자신의 독백을 듣는 것 같다는 착각이 들었다. 그를 통해 이순신을 다시 보았다. 그때까지는 인간 이순신보다 동상 이순신의 이미지가 더 익숙했기 때문이었다.

그는 글을 쓰는 이유에 대해 '우연하게도 내 생애의 훈련이 글 써먹게 돼있으니까'라고 한다. 그의 희망은 첫 번째가 음풍농월이다. 음풍농월 하면서도 당대의 현실을 말할 수 있어야 한다는 것을 강조한다.

뒷모습을 보이며 멀어져가는 선생에게서 바스락 단풍잎 같은 가을 냄새가 난다. 🍂

움직이지 말라

도정일 : 문학평론가

도정일 선생을 만나기 위해 '책읽는사회만들기국민운동' 사무실을 방문했다. 그곳에는 상임대표를 맡고 있는 선생의 자리가 따로 없다. 회의 탁자가 자신의 자리라며 소탈하게 허허 웃는다.

선생은 영문학과 교수로서 연구와 강의, 문학비평가로서 책 읽기와 글쓰기를 병행하고 있다. 그리고 '책읽는사회만들기국민운동'과 '북스타트한국위원회' 및 '문화연대' 등의 시민문화운동단체의 대표로서도 폭 넓은 활동을 하고 있다.

선생은 현대비평이론과 서양고전에 대한 해박한 지식을 바탕으로 80년대 문학론이 공유했던 문학의 계몽적 기능을 90년대 이후의 문화담론 속에서 능동적으로 실천하고 있는 비평가라는 평가를 얻고 있다.

요 근래 선생의 화두는 '책 읽는 사회 만들기'이다. 그의 손으로 전국 곳곳에 어린이 전용도서관이 지어졌다. 이른바 '기적의 도서관'으로 알려져 있는 그 일은 '삶과 지식의 화해'를 꿈꾸는 인문학자로서의 고민에 따른 실천의 결과물이기도 하다. 선생은 '인문교육의 목적은 결국 시민교육'이라고 강조한다. 인문 문화, 인문적 가치의 필요조건은 책읽기이므로 책읽기의 문화적 창조의 가치에 대한 인식 넓히기와 인문 문화의 인프라 구축을 위해 도서관운동을 벌려 모든 사람들이 어려서부터 책을 읽을 수 있는 환경을 조성해주는 일'이라고 한다.

선생은 무뚝뚝한 편이다. 전화를 걸면 굵고 근엄한 목소리로 짧게 응답한 후 침묵으로 일관한다. 나는 그 무뚝뚝한 성

타인을 이해한다. 타자를 이해한다. 우리말로 하면 역지사지,
바꿔서 상대방의 처지를 이해한다는 건데, 기본적으로 타자를
긍정하는 것이라고도 할 수 있죠. 그것은 내가 나의 울타리 속에 갇혀
있는 것이 아니라, 울타리를 열어서 타인을 받아들이거나 내가 나를
버리고 타 인 의   울 타 리   속 으 로   들 어 가 는   것 이 죠 .
〈대담〉 중에서

정을 새삼 확인하면서 용건만 간단히 말하고는 얼른 전화를 끊는다. 고성, 부산, 울산 등지에서 유년을 보내서인지 선생에게서는 전형적인 '경상도 사내'의 기질이 엿보인다.

선생은 어릴 때부터 특유의 고집을 부렸다고 한다. '움직이지 말라'는 스스로의 다짐이다. 될 수 있으면 조금만 움직이는 삶을 살고자 했으나 바쁜 나날을 보내고 있다며 현실의 삶에 대해 원망 아닌 원망을 한다.

선생은 '게으른 뼈다귀들'이라는 뜻을 가진 태골 산악회의 좌장이기도 하다. 태골 산악회와 얽힌 이야기는 이렇다. 첫째, 회원이 한번 모이려면 최소한 일 년이 걸린다. 둘째, 약속시간 1시간 이상이 지나서야 슬슬 모이기 시작한다. 셋째, 정상에 오르는 것에 결코 연연해하지 않는다. 옳거니, 나또한 정상정복보다는 중턱에서 유유자적하는 산행을 선호하거늘. 나의 체질에 꼭 맞을 듯한 그 모임에 한번 따라가려면 일 년을 기다려야 하는 걸까?

선생은 말한다.

"독서는 삶과 떨어진 별개 활동이 아니라 삶의 생략할 수
없는 한 부분이다. 기억과 성찰과 상상을 위한 최선의 매체
는 아직도 여전히 책이다."

그 책들을 모든 사람의 정신과 가슴에 차곡차곡 쌓이게
해서 인문의 꽃이 피어나게끔 분투하고 있는 선생의 바람을
장서표에 새겨 넣었다. 📖

가난과 외로움이 나를 키웠다

도종환 : 소나무같은 시인

전화기 너머 들려오는 목소리가 숨차다. 그는 장작을 패다 전화를 받은 것이다. 나는 도종환 시인에게 일방적으로 방문 통고를 하고는 얼른 전화를 끊었다. 남의 부탁을 거절하지 못하는 그의 성정을 알기 때문에 미안한 마음이 앞서서다.

충북 보은군 속리산자락 첩첩산중, 외딴 황토집 '구구산방龜龜山房'. 시인 도종환의 거처이다. 그는 이곳에서 텃밭 가꾸며 명상과 기수련, 책 읽고, 시 쓰며 지친 심신을 달래고 있다.

독자들은 도종환 하면 우선 시집 〈접시꽃 당신〉을 떠올린다. 팍팍한 80년대의 삶을 보내고 있던 우리들의 가슴을 절절한 사랑의 시편으로 촉촉이 적셔주었기 때문이다. 그러나 그는 당시에도 단순한 서정시인이 아니었다. 그는 1884년 〈분단시대〉라는 동인지를 통해 등단했다. 80년 광주항쟁 때 군복무를 하며 시민과 대치할 수밖에 없는 상황을 경험한 그는 역사를 끌어안고 서서 시대의 고통을 노래했다.

　충북 청원에서 태어난 그는 지독한 가난과 외로움으로 청소년기를 보냈다. 그 외로움을 달랜 것은 '책'과 '그림'이었다. 열차통학을 하던 그는 열차시간을 기다리며 도서관에서 닥치는 대로 책을 읽으며 지적호기심을 충족시켰다. 초등학교 때부터 고등학교까지 미술반 활동을 하며 화가의 꿈도 키웠다. 그러나 가난 때문에 미대 진학을 포기 할 수밖에 없었다. 수업료가 제일 싼 대학, 학과를 선택하여 사범대학 국문학과에 입학했다. 그래서 그는 지금도 그림을 좋아한다.

　도종환은 소나무 같은 사람이다. 항상 푸르고 깨끗함을 추

EX-LIBRIS

도 종 환

물 한 방울 없고 씨알 한 톨 살아남을 수 없는
저것은 절망의 벽이라고 말할 때
담쟁이는 서두르지 않고 앞으로 나아간다
한 뼘이라도 꼭 여럿이 함께 손을 잡고 올라간다
푸 르 게 절 망 을 다 덮 을 때 까 지
〈담쟁이〉 중에서

구하지만 가지를 뚝뚝 잘라 메마른 대지에 거름을 준다. 참교육 활동으로 구속되었고 10년간 해직교사 생활을 했다. 더 좋은 조건의 일을 할 수도 있었지만 전교조가 합법화되면서 미련 없이 중학교로 복직했다. 그는 또 자신이 살고 있는 지역문화를 가꾸는데도 아주 열심이었다. 충북문화운동연합을 만들어 판화가 이철수와 함께 공동의장을 맡았으며 충북민예총 대표를 역임했다. 그러다가 쓰러졌다. 세상과 세월이 그의 건강을 갉아먹고 있었던 것이다. 눈물을 머금고 28년 동안의 교직생활을 접었다. 두 해 동안 요양 중인 그는 요즘 건강이 많이 회복되었다니 다행이다.

내가 그에게 방문한다는 사실을 알게 된 이철수 선배는 '제발 밤늦게까지 술자리를 해서 그를 괴롭히지 말라'고 신신당부를 했다. 그러나 결국 우려했던 일을 벌이고 말았다. 함께 간 청주지역의 지인들과 새벽까지 통음을 하며 그의 수면을 방해했을 뿐더러 그로 하여금 해장국까지 끓이게 했으니. 대신, 속죄하는 마음으로 우리일행은 그가 겨우살이 땔 감나무를 하는 것을 거들었고 열심히 장작을 팼다. 나는 구경만 했지만.

얕은 물은 잔돌만 만나도 소란스러운데
큰 물은 깊어서 소리가 없다
그대 오늘은 또 얼마나 소리치며 흘러갔는가
굽이 많은 이세상의 시냇가 여울을
〈깊은 물〉의 일부

　소란했던 하루를 반성하며 그의 장서표를 새겼다. 그는 시
로써 여전히 현역교사이다. 🏔

Simple life, High thinking

리영희 : 전 신문기자 및 교수

책장 한 구석에서 세월의 흔적을 고스란히 드러내며 짙은 황토색으로 바래가는 책을 꺼낸다. 책 귀퉁이는 붉은 인주로 도장이 찍혀 있다. 장서표를 미처 알지 못했을 때이니, 막도장으로 장서인을 대신했던 것이다.

책을 펼치니 왼쪽날개의 하단에 흐릿한 저자의 사진이 나온다. 40대 중반쯤의 광대뼈가 조금 나온 얼굴, 눈에서는 광채가 난다. 70년대의 전형적인 지식인상이 아마 이런 모습이 아닐까 싶다. 대충 넘겨보니 촘촘한 검은색 활자들 밑에 간간이 밑줄이 그어져 있다.

80년 초 대학시절 청계천 헌책방에서 웃돈까지 얹어주고 구입해서 떨리는 마음을 억누르며 숨죽여 보던 책. 군사정권 하에서 금서禁書가 되어 당대의 전설이 되었던 책. 바로 〈전환 시대의 논리〉이다. 책의 저자 리영희 선생. 그는 이 시대의 진정한 스승이다.

선생은 시대의 모순을 꿰뚫고 숨겨진 진실을 세상에 알리는 언론인이자 학자로서 한평생 치열한 삶을 살았다. 그는 유신과 군사독재에 맞서 여러 차례 구속, 해직을 반복하는 등 온갖 고난과 핍박을 당하면서도 실천적인 글쓰기로 역사에 직면한 지식인이 어떤 모습으로 살아가야 하는가를 보여주었다. 선생의 모습에서 나는 중국의 루쉰을 떠올린다.

몇 년 전 선생으로부터 우편엽서를 받은 적이 있다. 장서 표의 여분을 보내드렸는데 그것을 받아보시고는 고맙다는 말씀을 적어 보냈다. 당연히 할 일을 했을 뿐인데, 작은 일에도 잔잔히 마음 쓰시는 배려에 감동했던 기억이 있다. 선생의 육필로 쓰여진 엽서는 지금 〈전환시대의 논리〉 책 속에

내 삶의 정신이 'simple life, high thinking' 이야.
간소한 생활 속에 높은 사유, 사상이 나올 수 있거든.
풍요 자체를 거부하는 게 아니라 물질적인 충족에 빠져버릴
위험을 경계하는 뜻이야. 물 질 생 활 은   검 소 하 게 ,
정 신 생 활 은   고 매 하 게   하 자 는   거 지 .

고이 간직되고 있다.

선생은 어느 인터뷰에서 이렇게 말씀하셨다.

"내 삶의 정신이 'simple life, high thinking'이
야. 간소한 생활 속에 높은 사유, 사상이 나올 수 있
거든. 풍요 자체를 거부하는 게 아니라 물질적인 충족에 빠
져버릴 위험을 경계하는 뜻이야. 물질생활은 검소하게, 정신
생활은 고매하게 하자는 거지." 선생은 지금도 자택이 있는
경기 군포에서 전철을 타고 외출을 한다.

선생은 최근 수차례의 수형생활에서 얻은 지병으로 몸이
불편하다. 지금은 많이 회복 되어 조금씩 활동을 시작한다니
다행이다. 많은 활동은 못하지만 세상의 부조리에 대한 선생
의 비판정신은 여전하다. 건강하게 오래 사셨으면 하는 바람
이다.

선생은 후학들에게 역사의식의 새싹을 돋게 해주셨다. 나
는 선생의 장서표에 그 새싹을 그렸다. 🖼

문단의 작은 거인

민영 : 수선화같은 시인

엉겅퀴야 엉겅퀴야

철원평야 엉겅퀴야

난리통에 서방잃고

홀로사는 엉겅퀴야

갈퀴손에 호미잡고

머리위에 수건쓰고

콩밭머리 주저앉아

부르느니 님의이름

엉겅퀴야 엉겅퀴야

한탄강변 엉겅퀴야

나를두고 어디갔소

쑥국소리 목이메네

민영 선생의 시 〈엉겅퀴꽃〉의 전문이다. 80년대 중반 민
요연구회에서 만든 창작민요 가사이기도 하다. 나는 이 노
래를 듣거나 부를 때면 목이 멘다. 장구와 징 등을 어깨에
짊어지고 '민요 판굿' 공연장을 따라다니던 시절이 아직 눈
에 선하다.

80년대 후반, 민요연구회 회보 편집을 맡고 있던 나는 선
생이 운영하던 편집대행회사에서 '사진식자' 작업을 하며 선
생을 귀찮게 하곤 했다. 운이 좋은 날은 끼니를 해결할 수도
있었다. 선생이 민요연구회 부회장을 맡고 있던 시기였다.

선생은 1959년 〈현대문학〉으로 등단 후 일곱 권의 시집을
상재 했다. 다수의 수필집과 번역서, 아동문학서도 펴냈다.
'약한 자들의 아픔을 따뜻하게 보듬으면서도 단아하고 격조

이제 심장의 고동이 느려지고

이   세   상   모   든   것   이

안개 속에 가려진 분황사 전탑

아득하게 보일 때가 돌아오자

후박나무 숲에서 들려오는 그 소리를

유리알처럼 투명하게 느끼기 시작했다

〈방울새에게〉 중에서

있는 시편을 써왔다'는 평을 받았다.

선생의 삶과 시에는 격동의 현대사가 그늘 지워져 있다. 일제 말기 철원에서 태어난 그는 만주로 이주를 해서 유년기를 보냈다. 체격은 작았지만 책읽기를 좋아했던 조숙한 아이였다. 그곳에서 해방을 맞았다. 철수한 일본인이 남기고 간 펄벅의 〈대지〉와 빅토르 위고의 〈레미제라블〉등을 읽고 세상에 대해 경의와 '글 쓰는 일'에 호기심을 갖게 되었다.

귀국 후 생활고로 인해 서울 명동에서 담배장사, 가게점원을 하면서도 책을 놓지 않았으나 1950년 한국전쟁 발발로 제도교육을 더 이상 받지 못했다. 부산 피난시절에도 부두노동, 신문팔이, 빵집점원과 인쇄공을 하면서 시인의 꿈을 키웠다. 인쇄공시절 본격적으로 시 습작을 했다. 우연히 인쇄소에서 만난 김상옥 시인을 통해 박재삼, 천상병 등의 시인을 소개 받았다. 이후 그들과 함께 문학열정을 불태웠다.

이태 전 선생은 고향 철원에 상허 이태준 문학비를 세우는 데 앞장섰다. 분단의 상처가 고스란히 남아있는 철원 땅에 이른바 월북 작가의 비를 세우는 일이 그리 쉽지만은 않았으리라. 철원출신이라는 끈이 아무도 나서려 하지 않는 일에 그를 등 떠민 것일까? 그는 이 일이 이 땅의 모든 사람들이 화합하고 상생의 꽃을 피우는 촉매가 되었으면 하고 바랬다.

선생은 말한다.

"시인은 모든 사람과 같이 있어야하고 그들의 희로애락을 시에 담아야한다. 보통사람의 생활감정을 떠난 시는 무의미하다."

선생은 한복을 즐겨 입는다. 그 모습이 단아하다. 선생의 모습에서 순정한 수선화의 이미지를 본다. 🌼

모악산에서 지리산까지, 별의 안부를 묻다

박남준 : 천상 시인

따르르릉, 따르르릉

"불어난 물소리로 눅눅해진 싯귀들과 범람하는 물소리가 방안 가득합니다. 연락사항 남겨 두시고요. 밖에 나갔다 옵니다. 그럼 안녕."

"형 난데, 산이. 빨리 받아 봐요. 지금 전화기 옆에 있는 거 다 알아."(순전히 그의 자동응답 메시지를 듣고자 전화를 거는 팬들이 있다. 그래서 팬 서비스 차원으로 부러 전화를 받지 않을 때가 있다.)

"어이! 박남순(?). 시 쓰냐!"(여전히 응답 없다.)

"형, 요즘 어때? 어디 다친 덴 없고?"(정말 집에 없나 보다. 안부를 묻고 전화를 끊는다.)

박남준 형에게 전화를 걸 때마다 치르게 되는 일이다. 그는 오늘도 이곳저곳 떠돌아다니는 모양이다. 아니면 한 잔 술에 멱을 감고 있든가.

그는 지금은 지리산 자락 악양에 살고 있지만 몇 년 전까지 전주 근교 모악산 기슭, 숲 속의 외딴 집에서 10여 년간 머물렀었다. 몇 번 그 움막에서 나는 그가 좋아하는 백세주를 함께 마시며 그의 사랑하는 것들을 빌린 적이 있다. 별 흐르는 밤, 계곡의 물소리, 휘파람새와 풀여치의 노래와 저음으로 섞이는 바흐의 첼로 곡들. 그야말로 몽유도원악이었다.

그는 천상 시인의 모습을 가지고 있다. 잘 생긴 이목구비에 조금은 가냘픈 사슴의 이미지. 나 역시 미모(?)에 관한 한 빠지지 않는다는 자신감이 있었으므로 그를 처음 보았을 때, 운명적인 라이벌 의식을 느낄 수밖에 없었다. 그와 첫 대면이 있은 뒤로 나는 그와 환상의 복식 조가 되어 서울, 전주,

별빛이 차다 불을 지펴야겠군

이것들 한때 숲을 이루며 저마다 깊어졌던 것들

아궁이 속에서 어떤 것들 더 활활 타오르며

거품을 무는 것이 있다

몇 번이나 도끼질이 빗나가던 옹이 박힌 나무다

그 건   상 처 다   상 처 받 은   나 무

〈흰 부추꽃으로〉 중에서

해남, 변산, 서산, 거제…. 한마디로 전국 투어로 백세주를 들이키곤 했다.

그는 도무지 욕심이 없는 사람이다. 그는 머리만 깎지 않았을 뿐인 수도승처럼 살고 있다. 그가 아끼는 CD 음반들, 몇 권의 시집과 산문집, 평균 잔고 200만 원 정도의 통장이 그의 전 재산이나 다름없다. 언젠가 선인세로 받은 돈을 어려운 후배에게 꿔주고 돌려받지 못했을 때에도 그냥 사람 좋게 히죽 웃던 그였다.

그런 그도 한때는 여러 직업을 가졌었다. 방송국 구성작가, 운동단체 상근자, 화랑의 스태프 등등. 그러다 문득 이 아수라판의 사회에서 중산층으로 사는 것도 사치라는 생각이 들어 최소한의 생활비로 자족하는 삶을 살겠다며 산 속으로의 퇴거를 작정했다는 것이다.

모악산 그의 옛집 마당에는 그가 정성들여 쌓아올린 탑이 있었다. 대강 생겨먹은 잡석을 얼기설기 올려놓은 것 같지만 그의 자연스런 미적 감각을 엿볼 수 있을 만큼 조형성이 있었다.

　나는 그의 장서표에 바로 그 탑을 그려 넣었다. 그 탑 위로는 날지 않으려는 남준새를 앉혀 놓았다. 매화향 풀풀 날리는 그의 주변엔 언제나 박남준 중독자가 넘쳐나리라는 예감을 하면서…. 📷

한밤중 홀로 거울을 보니

박범신 : 청년 작가

청년작가 박범신. 선생에게 너무도 잘 어울리는 수식이다. 정작 자신은 이젠 청년은 빼고 그냥 작가이기만 했으면 하고 바라지만, 머물러 있음을 거부하는 도전 정신을 가진 그는 영원한 청년작가라고 불릴 만하다.

그는 인생의 한 시기가 정점에 이를 때마다 손에 쥐었던 것들을 스스로 내놓아 버리는 성정이다. 몇 년 전 10년 넘게 지녀온 교수직을, 정년을 불과 몇 년 남겨놓지 않고 던져버렸다. 하지만 그가 없는 학교는 곧 위기를 맞았고 학교측의 강압(?)에 의해 다시 복직을 할 수 밖에 없었다. 자신에게 주어진 운명이 작가라는 사실을 다시 한번 확인하며 던진 결단이었기도 하겠지만 작가로서의 욕심 보다는 조금은 게으르게, 히피 혹은 정처를 두지 않는 삶을 살며 느림의 미학을 실천하고 싶은 것이 아닐까.

10여 년 전에도 베스트셀러를 생산하던 인기작가로서의 '기득권'을 포기하고 붓을 꺾었던 전력이 있다. 어떤 이데올로기에도 편입되기를 거부했던 문학순정주의자였던 그도, 80년대 군사독재정권을 겪으며 무력할 수밖에 없었던 자신의 모습을 견딜 수 없었다고 한다. 절필 직전 3~4년간은 '문학이 본질적으로 무엇이냐, 어떤 제단에 바쳐져야 하느냐'는 생각이 그를 괴롭혔다고 한다.

90년대 후반 3년간의 공백을 접고 활동을 재개하며 선생의 문학은 새로운 전기로 들어섰다. 세상과 사람에 대해 깊은 응시를 담은 소설들이 높은 작품성을 인정받으면서 문단과 독자들의 주목을 받았다.

너무 작고 너무 깨끗해서 해만 떠오르면 그녀의 육신이 눈처럼 녹아
지층에 스며들 것 같았다.
파르스름한 정맥이 흰 피부에 조용히 더 있었다.
바다는, 정맥처럼 푸른 바다는 아 직 언 덕 너 머 에 있 었 다 .
〈풀잎처럼 눕다〉 중에서

그는 교육자로서의 역할에도 충실했다. 그가 몸담았던 학과를 졸업한 제자들 가운데 촉망받는 작가들이 여럿인 사실로 짐작 할 수 있다.

선생은 감수성이 풍부한 사람이다. 언젠가 시끌벅적한 출판기념모임의 술자리 구석에서 쪼그려 앉아 눈물을 흘리는 그를 목격하고는 깜짝 놀란 적이 있다. 나중에 그의 제자들로부터도 그의 눈물에 관한 이야기를 들을 수 있었다.

그는 시집을 상재한 시인이기도 하다. 그의 시집 〈산이 움직이고 물은 머문다〉에 수록되어 있는 시다.

'절을 떠나니 편안해졌다 편안하니 부처가 중심으로
들어왔다 한밤중 홀로 거울을 보니 내 사랑 이제 환하구나'
〈절필〉전문

그는 자신의 인생이 봄날일 때조차 꽃샘추위를 불러들이며 삶의 계절을 더욱 치열하게 만든다. 나는 선생의 뒷모습에서 문학이라는 거울(샘물)에 자신을 비추어 보고 있는 아름다운 청년 나르시스를 발견한다. 🏔

내 글은 나를 알아가는 과정

박수영 : 그림 그리는 소설가

사라졌던 그가 다섯 달 만에 나타났다. 그동안 그의 전화는 결번. 전화까지 끊어놓고 자신의 내부로 들어가 무얼 했던 것일까? '소설가이니 당연히 소설을 쓰고 있었겠지?'라고 물어보니 그냥 희죽 웃을 뿐이다.

박수영은 상냥하다. 그리고 고요하다. 그러나 속은 부글부글 끓고 있다. 병적일 정도의 '낭만적 기질'도 가지고 있다. 그는 '자유로운 영혼'을 추구한다. 자신이 가장 행복한 순간은 스스로 자유로운 정신을 소유할 때라고 한다.

"내 삶의 순간순간을 자연스럽게 선택할 때, 내가 내 삶의 가장 완벽한 주인일 때, 나는 가장 행복하다."

나는 그를 미술의 거리인 인사동에서 처음 만났다. 1998년 〈실천문학〉 창간 10주년 기념 '시와 판화의 만남'전이 열리고 있던 '학고재' 화랑에서이다. 당시 나는 전시기획을 맡아 보면서 시인과 판화가, 시와 판화를 짝 지우는 재미에 푹 빠져 있었다. 첫 대면에서 그는 돋보이는 미모와 상큼한 미소를 짓고 있었지만 아직 신인으로서의 긴장감을 감추지 못했다. 그러던 그가 인사동에 다시 나타났다. 이번엔 사진전문 화랑의 대표로. 그는 2년여 동안 화랑을 운영했다.

박수영은 청소년기를 춘천에서 보냈다. 내성적이었지만 무엇이든 지는 것을 싫어했던 자의식이 강한 소녀였다. 그림 그리기를 좋아해 시험공부는 안 해도 미술숙제를 하면서 밤 새는 줄 몰랐다. '문학소녀'보다는 미술소녀(?)라고 부르는 것이 맞지 싶다. 고등학교 시절엔 조회시간 마다 전교생 앞에서 지휘봉을 잡았다. 남 앞에 나서길 좋아하지 않았으나

그런데 말이에요, 조금 궁금한 게 있어요. 자유란 무언가를
가져야만 맛볼 수 있는 건가요? 반드시 무언가를 소유해본 이후에야
자유의 진정한 힘을 느낄 수 있을까요?
무 소 유 의   자 유 는   애 초 부 터   불 가 능 한 가 요 ?
〈주인공에게 보내는 편지〉 중에서

타고난 재능 때문에 어쩔 수 없었다.

박수영은 1997년 〈실천문학〉에 중편소설 〈바람의 예감〉을 발표하면서 작품 활동을 시작했다. 이후 장편소설 〈매혹〉과 〈도취〉를 펴냈다. 첫 장편〈매혹〉에서는 사랑에 빠진 중년 남성의 심리를 섬세하게 묘사를 해서 독자들을 놀라게 하더니, 〈도취〉에서는 이른바 386세대의 인물들을 내세워 시대정신과 잃어버린 자아를 찾아가는 여정을 깊이 있는 시선으로 그려냈다. 소설 곳곳에는 그가 파편화되어 점점이 박혀있는 듯하다. 대학에서 경영학을 전공하던 그는 다시 공부를 해서 철학으로 전공을 바꾸었다. 인간의 사고로 할 수 있는 가장 근본적이고 추상적인 활동을 하고 싶었기 때문이었다. 그리고는 자연스럽게 마르크스에 매료되었다. 학회지 활동을 하며 최루탄에 눈물 흘리면서 많은 시간을 거리에서 보냈다. 졸업 후, 철학을 공부하기위해 미국으로 건너갔지만 곧 소설쓰기가 자신의 길임을 깨닫고 현실로 다시 걸어 들어왔다.

그에게 있어서 '글쓰기'는 '자기 정신의 순례'이다. '나

는 글을 쓰는 동안은 내 정신이 어떻게 변천되어 가
는지를 보고 싶다. 그러니까 내 글은 나를 향해 말
하는 것이고, 내 자아를 알아 가는 과정이다.'라고 말
한다.

　박수영 장서표의 은방울꽃은 그의 고향 강원도 산골짜기
에 많이 서식하고 있다. 꽃말은 '자유로운 영혼'의 상태임을
알려줄 '행복한 기별'이다.

여성적 감각에 거친 남성성

서영채 : 문학평론가

서영채는 축구를 좋아하고 사랑하는 축구인(?)이다.

축구 선수가 되고 싶었다는 그는 이틀에 한번은 동틀 무렵 동네 운동장에 나가 공을 찬다. 그는 자신이 살고 있는 동네 시장 통 사람들이 주축인 신방배동 조기축구회 회원이다. 그의 포지션은 멀티 플레이어, 역시 동네 축구선수답다. 스스로 말하길 국가대표선수 박지성이나 고종수 스타일이라고 한다. 물론 나는 그가 공차는 모습을 한 번도 본 적이 없다.

서영채는 문학평론가이자 문예창작학과 교수로 〈상상〉,

〈리뷰〉, 〈문학동네〉 등의 편집위원으로 활동했다. 논리학과 수사학이 잘 조화되어 있는, 정교하고 화려한 글쓰기를 하는 따뜻한 비평가라는 평가를 얻고 있다. 한때 시인이기를 꿈꾸었던 그는, 1989년 〈세계의 문학〉으로 등단한 전력이 있는 '전직시인'이기도 하다. 국문학 전공인 그는 고등학교 국어 교사 생활을 하다가 해직 당한 경험도 있다. 이른바 전교조 해직교사 출신인 것이다.

서영채를 처음 만난 것은 90년대 초 나의 개인전이 열리고 있던 인사동의 한 화랑에서였다. 첫인상이 꼭 학창시절 반장을 도맡아 했을 것 같은 '범생이'처럼 보였다. 우리는 동갑내기라는 이유 하나만으로도 단박에 친해졌다. 처음 본 날 스스럼없이 말을 놓았을 정도로.

한때 나와 친구들은 그를 '거박'이라고 불렀다. 거의 박사라는 뜻이다. 당시 박사논문을 준비하고 있던 그에게 우대(?)차원으로 그렇게 놀리곤 했던 것이다.

〈사랑의 문법〉. 이태 전 그가 건네준 그의 연구서다. 그의

낙엽 두 세 장이 동동 떠가는, 세상을 오래오래 바라보고 싶었을 때
어느덧 겨울이 오고 내 시야는 온통 정방향의 명사들로 가득차
오더라. 거친 바람이 지날 때에도 하얗게 눈이 내린 새벽이면
더더욱이, 후후 한숨도 용납될 수 없었지. 턱턱 숨이 막힐 때면,
어쩌겠어 손마디에 박힌 살처럼
세 상 을 도 려 내 버 릴 수 밖 에 .
〈시쓰기의 즐거움〉 중에서

박사학위 논문이기도 하다. 그가 평론집 〈소설의 운명〉을 펴 냈던 해가 1995년이니, 10년 만에 책을 펴낸 셈이다. 제목이 평론집 같지 않고 제법 낭만적이다.

인간은 누구나 여성성과 남성성을 동시에 가지고 있지만, 그는 극단적 방식의 섬세한 여성적 감각과 거친 남성성을 가지고 있는 사람이다. 그의 글쓰기가 여성성의 발현이라면 그는 공차기로 남성성의 리비도를 해소하고 있는 지도 모른다.

서영채의 몸에는 상처가 많다. 젊은 시절을 거칠게 몸으로 보냈다는 증거다. 이태 전 나는 우연히 그의 남성성이 포효하는 것을 보고 아연실색을 했다. 그의 보복(?)이 두려워 자세한 내용을 밝힐 수는 없지만, 그 결과 그는 며칠 동안 머리카락으로 의료용 호치키스 심이 박힌 이마를 숨기고 지내야만 했다.

그의 장서표를 새기면서 나름대로 고민했다. 축구공을 새길 것인가, 책을 새길 것인가. 결국 나는 그의 본령인 책의 이미지를 새겨 넣기로 결정했다.

함께 그러나 자신의 길로

서홍관 : 의사 시인

"형! 요즘 목이 조금 뻣뻣하거든요? 그리고 배가 살살 아픈데…"

나는 서홍관 형을 보자마자 즉석건강진료(?)를 받아 볼 욕심으로 엄살을 떨었다.

"이젠 술 좀 작작 먹고 살아라. 괜찮아, 안 죽어."

그는 지청구를 하며 오랜만에 만났으니 문학과 미술에 대해 이야기하자며 말머리를 돌린다. 자신은 문화 쪽의 지인을 만나면 시와 문학 대해 이야기하고 싶은데 자꾸 진찰을 해달라고 해서 괴롭다고 한다. 또 병원에서는 환자들이 그가 시인이라는 것을 알고는 시에 대해 말할 때마다 난처하다나. 의사로서 질문과 진찰을 하다가 순간 시인으로서 대화를 바꾸기가 매우 곤란하기 때문이라고 한다.

　서홍관은 시인이자 의사다. 1985년 〈창작과 비평〉을 통해 등단한 후로 두 권의 시집과 산문집 그리고 동화와 다섯 권의 번역서를 펴낸바 있는 문인이며, 서울백병원 가정의학과장을 거쳐 현재 국립 암 센터 암예방검진센터와 금연클리닉의 책임의사이다. 얼마 전에 상재한 번역서 〈히포크라테스〉는 그의 두 가지 정체성이 행복하게 만난 결과였다.

　그는 만경강이 바라다 보이는 호남평야 완주에서 유년기를, 전북 전주에서 청소년기를 보냈다. 어릴 때부터 책읽기를 매우 좋아했으나 책이 흔치않던 시절이라 집에 있는 책들을 여러 번 읽고 또 읽었다. 학교공부에 심신이 고달팠던 중·고등학교 시절엔 유치환, 서정주, 윤동주, 박두진의 시를 읽으며 위안을 받았다. 열다섯 권짜리 〈한국단편문학대계〉전집을 구입해서 매주 한편씩 읽어치웠다. 장마철엔 장

이 세상 어느 곳에 버려진다 해도
민 들 레   길 고   곧 은   뿌 리 처 럼
이름없이
굳세게 살고 싶다고
야윈 얼굴에
쨍쨍한 봄볕 받으며
민 들 레 .

독대 사이에 의자를 놓고, 비닐우산을 받쳐 들고 빗소리를 들으며 책을 읽기도 하는 등 낭만적인 문학소년이었다.

'범생이'였던 그는 의과대학에 진학했다. 유신말기와 광주민주화항쟁을 겪으며 신군부의 공포정치 앞에서 무기력한 소시민으로 목숨을 부지한다는 자괴감으로 너무나 아팠다. 그 고민을 일기장에 써 내려갔다. 그것들이 시가 되었다. 의학도였던 '루쉰'이나 '체 게바라'가 그랬던 것처럼 뒤늦게 세상을 더 알고 싶다는 생각에 '사회과학'을 공부했으며 '노동야학'에 뛰어들기도 했다. 1987년엔 동료의사들과 함께 '4·13호헌반대 의사시국선언'을 이끌어 냈고, 그 해 11월에는 의사로서 사회적 책임과 도리를 다하자는 취지에서 '인도주의실천의사협의회'를 창립하였다. 그는 의사이면서 동시에 시인의 눈으로 세상과 인간을 바라본다. 의료에서 등장하는 인간을 치료의 대상인 질병을 가진 인간, 또는 시술 및 투약의 대상으로서만이 아니라, 그러한 인간을 총체적이고 포괄적인 깊이로 바라본다. 그는 '공자께서 말씀하신 화이부동 和而不同을 남들과 더불어 살되 부화뇌동하지 않고,

자신의 길을 지켜나간다는 뜻으로 알고 이를 마음에 새기며 살고 있다'고 말한다.

이 세상 어느 곳에 버려진다 해도

민들레 길고 곧은 뿌리처럼

이름없이

굳세게 살고 싶다고

야윈 얼굴에

쨍쨍한 봄볕 받으며

민들레.

시집 〈어여쁜 꽃씨하나〉 중 '민들레3' 일부

그의 장서표는 이 시로부터 기인했다.

책과의 음란한 관계

손철주 : 학고재 주간

금일화전음 今日花前飮

감심취수배 甘心醉數杯

단수화유어 但愁花有語

불위노인개 不爲老人開

　당나라 유우석의 〈음주간모란 飮酒看牡丹〉이란 시다. 우리말
로 풀자면 이렇다.

　'오늘 꽃을 앞에 두고 마셨네/마음이 달아 취하도록 잔
기울였네/다만 안타까운 건 꽃이 말을 할까봐/늙은 그대

위해 핀 게 아니랍니다'

   손철주가 지인들과의 술자리에서 홍이 오르면 곧잘 읊는 한시다. 그는 즉석에서 암송할 수 있는 시편이 약 오십여 편이라고 하는데 주로 당대의 시편들이다. 특히, 당말의 초현실주의적인 기이한 시적 세계를 보여주고 있는 이상은이나 이하의 시를 즐겨 암송한다. 유림의 후손이라는 자의식을 가지고 있는 그에게선 서권書卷의 기운과 문자의 향기가 난다.

   현재 '학고재' 출판사 주간으로서 '문명기행시리즈' 등의 양서를 만들고 있는 그는 오랫동안 기자 생활을 했다. 대학 시절, 학보사에서 신문을 만드는 일에 빠져 학과수업은 뒷전이었던 그는 졸업도 하지 않은 채 신문사 기자가 되었다. 그리고 미술에 관심이 많았던 그는 자연스럽게 미술전문기자가 되었다.

   대구에서 성장한 그는 중·고등학교 시절 손수레를 끌고

많이는 안 팔려도 조금씩 길게 팔리는 책, 생명이 긴 책, 오래 읽고 싶은 책을 만들고 싶습니다. 적어도 책을 만들 수 있는 동안은, 언 제 까 지 나   행 복 할   겁 니 다 .

헌책방 순례를 몇 차례나 했다. 이른바 '남아수독오거서男兒須讀五車書'를 실천하고자 함이었으리라. 그때 낡은 일어판 흑백화집들을 접하게 되면서 미술에도 남다른 관심을 가지게 되었다.

손철주는 베스트셀러였던 미술에세이 〈그림, 아는 만큼 보인다〉의 저자이다. 미술기자로 현장을 취재했던 경험과 동서양을 아우르는 미술지식을 바탕으로 미술사에 얽힌 뒷이야기나 작가들의 내밀한 창작공간을 아기자기한 이야기로 촘촘하게 엮었다. 독자들에게 미술의 가치와, 미술을 보다 가까이 할 수 있도록 재미있게 보는 법을 알려주었다.

미술과 책을 좋아하는 그는 장서표에 대해서도 남다른 애정을 가지고 있다. 그가 데스크로 있던 신문에서 장서표가 처음 기사화되었던 것도 그의 안목 덕분이었다.

그는 남독 내지는 난독의 습관을 가지고 있다. 좀처럼 책에서 헤어나지 못하는 자신에게 스스로 질책 아닌 질책을 한다. 세상을 맨얼굴로 이해하지 못하고 책의 세상을 통해서만 현실을 이해할 따름인 '부키시Bookish'에 대해 이야기한다. 그리고 독서를 할 때마다 '책과의 치정'을 떠올리게 된다고 우스갯소리를 한다.

　그는 자신의 장서표에 서음書淫이라는 문자를 넣어 달라고 했다. 서음이란 '글 읽기를 지나치게 즐김, 또는 그런 사람'이란 뜻이다. 음淫은 잘 알다시피 '과하다'는 뜻과 더불어 '음란하다'는 뜻도 있다. 책과의 음란한 관계는 조금 지나쳐도 괜찮지 않을까 싶다. 🏔

나는 길 속에서 자랐다

신경림 : 더불어 혼자 사는 시인

〈농무〉. 군 시절 경계 근무 때 품속에 끼고 나갔다가 일직사관에게 들켜 얻어터지게 만들었던 책. 처음으로 관념이 아닌 몸으로 만나게 해주었던 시집. 그 시집의 저자 시인 신경림, 그는 나에게 아버지와 같은 존재다.

민요연구회 시절 선생은 민요를 찾아 전국을 주유周遊했는데, 그때 선생을 따라 다니던 일이 아직도 눈에 선하다. 새파란 애송이였던 내가 그런 행운을 얻게 된 것은 그때나 지금이나 직장에 매이지 않은 백수의 신분 때문이었다.

지리산 달궁 계곡에서 탁족을 하며 빨치산에 관한 이야기를 하던 모습, 강화 앞바다에서 새우잡이 무동력선인 '멍텅구리배'에 뱃노래를 들으러 갔다가 폭풍우로 거의 죽다 살아나온 일, 상행선 통일호 기차에서 숙취로 구토하던 한심한 어린 놈의 등을 두드려 주던 따스한 손길을 잊을 수 없다. 그렇게 선생으로부터 사람과 더불어 사는 삶의 소중함을 배웠다.

선생의 고향은 남한강이 내려다보이는 충북 중원군이다. 그곳에서 남한강을 거슬러 뗏목을 타고 올라오는 장사꾼들의 민요 가락을 들으며 시심을 가다듬었을 것이다.

선생은 말한다. '나는 길 속에서 자랐다. 내게는 길만이 길이 아니고 내가 만난 모든 사람이 길이었다. 나는 그 길을 통해 바깥세상으로 나왔다.' 고향의 논밭과 장터에서, 광산에서, 막노동판에서 만난 민초들과 어울리면서 그들의 정서를 체득했을 터이다. 민초들이 그에게는 시의 길이었으리라. 선생은 가끔 그 시절을 말씀하며 '너도 나처럼 한 10년쯤 그

어둠이 오는 것이 왜 두렵지 않으랴

불어닥치는 비바람이 왜 무섭지 않으랴

잎들 더러 썩고 떨어지는 어둠 속에서

가지들 휘고 꺾이는 비바람 속에서

보 인 다 꼭 잡 은 너 희 들 작 은 손 들 이

손을 타고 흐르는 숨죽인 흐느낌이

〈나무를 위하여〉 중에서

렇게 살다가 나왔어야 했는데…'하며 혀를 차신다. 친구들과 몰려다니며 인사동 술집들을 전전하는 내가 못마땅하신게다. 선생은 또 어느 강연 자리에서 그때의 깨달음을 말씀했다.

"사람은 더불어 혼자 산다. 말이 이상한 얘기지만 남과 더불어 혼자 산다. 남과 더불어 살지만 결국 혼자 책임지니까 혼자 산다. 그러나 이 더불어 혼자 산다는 것이 아주 중요하다. 그 때 내가 막연하게 생각한 것은 앞으로 시를 쓸 기회가 다시 온다면 나는 이제 나 혼자만 사는 것, 나 혼자만의 생각, 혼자만의 뜻, 이런 것에만 매달리지 말고 더불어 사는 정서, 더불어 사는 어떤 아름다움, 더불어 사는 의미들을 시로써 표현해야 되겠다는 것이다."

나도 '시'로써가 아니라 '그림'으로써 그렇게 살고 그렇게 그리고 싶다.

선생은 인생의 황금기인 중년을 민주화의 길 위에서 보냈다. 더불어 혼자 사는 삶을 실천 했던 것이다. 암울한 칠팔십

년대를 지나 환갑을 지나고 칠순을 바라보는 지금도 청년의
모습을 간직한 채 여전히 더불어 홀로 사신다.

　그것이 선생에게 헌정한 장서표에 더불어 홀로 길을 가다
망중한에 있는 새 한 마리가 사는 이유다. 🏠

이미 고래는 우리의 가슴속에 있다

안도현 : 고래를 기다리는 시인

밤에, 전라선을 타보지 않은 者하고는
인생을 논하지 말라.

안도현의 시 〈인생〉의 전문이다.

여러해 전 그가 전교조 해직교사이던 시절, 동갑내기 친구
들과 함께 여행을 떠났던 적이 있었다. 여수행 야간열차에
몸을 싣고 너나할 것 없이 동심으로 돌아가 킬킬거리며 다녔
던 유쾌한 여행이었다. 차창 밖으로 하염없이 따라오던 그믐

달과 장흥 대대리의 바람에 나부끼는 갈대밭이 아직도 또렷하다. 나중에 그때의 인상을 판화로 새겼는데 안도현의 시가 떠올라 예의 〈인생〉으로 제목을 삼았다.

언제나 웃음과 유머를 잃지 않는 안도현의 시는 많은 독자들에게서도 듬뿍 사랑을 받고 있다. '연탄재 함부로 발로 차지 마라／너는／누구에게 한번이라도 뜨거운 사람이었냐'라고 우리의 가슴을 뜨끔하게 만들었던 시 〈너에게 묻는다〉도 이미 많은 독자들에게 암송되어오고 있다. 그는 일상의 삶에서 건져올린 작고 보잘것없는 것에 대한 애정을 가지고 천진난만하게 노래한다. 그러나 때로는 그 자신과 독자들에게 분명한 어조로 자성과 질책의 메시지를 전달하기도 한다.

그는 '시를 읽고 쓰는 것은 이 세상하고 연애하는 일'이라고 한다. '연애 시절에는 나뭇잎 떨어지는 소리 하나에도 예민하게 반응하고, 연애의 상대와 자신의 관계를 통해 수없이 많은 관계의 그물들이 복잡하게 뒤얽힌다는 것을 생각하고, 그리고 훌륭한 연애의

연탄재 함부로 발로 차지 마라

너 는

누구에게 한번이라도 뜨거운 사람이었느냐

방식을 찾기 위해 모든 관찰력과 상상력을 동원해야 한다. 연애는 시간과 공을 아주 집중적으로 들여야 하는 삶의 형식 중의 하나인 것이다'라고 말한다. 그의 시가 많은 독자들로부터 사랑받고 있는 이유를 알 것 같다.

그는 통이 큰사람이다. 언젠가 그가 살고 있는 전주 근교로 친구들 대여섯 명과 여행을 한 적이 있었는데, 그때 마중을 나온 그 모습을 보고 우리 일행은 아연실색을 했다. 그에게 조그만 승합버스를 대절해 놓으라고 부탁해 두었더니, 맙소사, 대형 관광버스를 끌고 나타난 것이 아닌가. 학부모 중에 관광버스 기사가 있는데, 같은 값이면(그러나 절대 같은 값이 아니었을 게다) 그에게 도움을 주고 싶었다는 것이다. 안도현의 인간미를 느낄 수 있게 하는 작은 사건(?)이었다.

몇 년 전 나의 전시회 때 그는 팜플릿 서문에 나에 대한 글을 쓰면서 '동화적 천진성과 단순성'이라고 평한 적이 있다. 오히려 그에게 돌려주어야 될 말일 성싶다.

안도현은 그의 시 〈고래를 기다리며〉를 통해 이렇게 이야기 한다. 장생포 바다에서 이제는 사라진 고래를 기다리는데, 오지 않는 것을 알면서도 기다리는 것이 삶이기도 하지만 숨을 한번 내쉴 때마다 어깨를 들썩이는 바다가 바로 한 마리의 고래일 지도 모른다고, 이미 고래는 우리의 가슴속에 있다고…. 🐳

두 눈 부릅뜬 부엉이처럼

안상운 : 변호사

"안변."

지인들은 그를 이렇게 부른다. 그는 언론관련 재판 전문변호사이다. 그가 상임이사로 있는 '언론인권센터'는 잘못된 언론보도로 피해를 입은 시민이나 단체에 대한 구조활동을 펼치는 시민단체다.

안상운은 88년 문익환 목사 방북 보도에 대한 정정보도 소송을 시작으로, 최장집 교수 논문 보도, 이장희 교수의 〈나는야 통일1세대〉와 관련된 왜곡보도 등 수많은 언론보도관계 사건들을 맡아 변론했고 그 사건들은 대부분 승소판결을 받았다.

그가 언론관련 법에 관심을 가지게 된 것은 80년대 초 대학에서 사법시험을 준비하던 중 시위현장의 학생들이 집시법이니 언론기본법을 폐지하라고 외치는 소리를 들으면서부터라고 한다. 그는 언론기본법에 관한 제법 많은 분량의 논문을 법대 학회지에 발표하는 등, 그 때부터 언론관계 법률가로서의 미래를 준비하게 된 것 같다.

그는 어느 인터뷰에서 당시의 심정을 이렇게 토로했다.

"언론기본법을 찬양하는 글은 수두룩한데 비판하는 학자의 목소리는 없는 거예요. 그 글이란 것도 법조문의 나열일 뿐이지 실제 국민이 궁금해 할 관련법에 대한 설명은 하나도 없었어요. 한심합디다. 입술이 닳도록 '언론의 자유'를 부르짖으면서도 뒤에서 그걸 제약하는 법을 옹호하는 학자들이 바로 제 선생이고 선배라는 사실이 부끄러웠습니다."

'미네르바의 부엉이는 황혼 무렵에야 날개를 펴기 시작한다.'

독일의 철학자 헤겔의 〈법철학〉 서문에 있는 말이다.

부엉이는 그리스 지혜의 여신 미네르바, 즉 아테나의 상징동물이다.

그 말은 이성적인 철학이나 진리에 대한 인식은 현상이나 사건이

다 끝날 무렵에야 비로소 깨닫게 된다는 뜻이다.

90년대 초 그를 처음 보았을 때, 우리가 동갑내기라는 사실이 도무지 믿기지가 않았다. 미안하지만, 그의 모습은 30대 초반에 이미 너무 숙성했다고나 할까. 그때 그를 보면 어쩐지 웃어른(?)에게 하대하는 것 같은 마음이 들곤 했다. 그러나 그는 세월이 흘렀음에도 당시 모습을 여전히 유지하고 있는 반면, 비교적 동안으로 보였던 나는 어느덧 중년의 얼굴을 갖추게 되었으니 이제 그와 나의 모습은 웬만큼 세월의 보조를 맞추어 가고 있는 듯이 여겨진다.

그 자신이 법률가임에도 불구하고 내 앞에서는 수시로 법을 어긴다. 그는 나를 '궁산'이라고 부른다. 저작권중 성명표시권의 엄연한 침해이고 명백한 명예훼손에 속한다. 그리고 나의 성姓을 바꾸어 부르기 때문에 성범죄(?)에 해당된다. 나는 번번이 그를 추궁해 보지만 그는 유쾌하게 웃어넘길 뿐이다.

그의 장서표를 새기면서 '미네르바의 부엉이는 황혼 무렵에야 날개를 펴기 시작한다'라는 말이 떠올랐다. 독일의 철학자 헤겔의 〈법철학〉 서문에 있는 말이다. 부엉이는 그리스 지혜의 여신 미네르바, 즉 아테나의 상징동물이다. 그 말은 이성적인 철학이나 진리에 대한 인식은 현상이나 사건이 다 끝날 무렵에야 비로소 깨닫게 된다는 뜻이지만, 두 눈 부릅 뜨고 잘못된 언론을 감시하는 그가 내게는 부엉이처럼 보였기 때문이다. 🏔

자연을 벗 삼아 책을 읽고 시를 쓰며

양문규 : 시인

우리는 왜 별들을 헤아려

사랑이라 노래하지 못하고 사는 걸까

오늘 밤도 그 핏기 없는 살덩이를

별빛 속에 사르지 못하고

죄인처럼 고개만 떨구고 사는 걸까

하늘 한번 떳떳하게

우러러보지 못하고 사는 걸까

〈개망초〉 부분

밤하늘엔 별이 총총 빛나고 있었다. 그의 시처럼 하늘 한 번 떳떳하게 우러러보기 위해, 우리는 머리를 젖히고 별을 헤아리며 걸었다. 그때 물컹하고 밟히는 것이 있어 주워보니 감이 아닌가. 그 거리의 가로수는 감나무였다. 우리는 땅에서 주워온 연시감을 안주 삼아 받아온 막걸리를 들이켰다.

어느 가을날, 충북 영동에 다녀온 적이 있었다. 그곳에 시인 양문규가 살고 있었다. 양문규는 '충북의 설악'이라고 불리는 천태산에 자리 잡은 천년고찰 '영국사' 절집에 거처하고 있다. 자연을 벗 삼아 산책하며 책을 읽고 시를 쓰면서. 그 절집 입구에는 수령이 자그마치 1천3백 년이 넘는다는 한 그루 은행나무가 천태산을 품고 서 있다. 그 나무가 뿌린 노란 은행잎으로 온통 사방이 노랗게 물들어 있던 장관을 나는 아직도 잊을 수 없다.

양문규를 처음 만난 것은 80년대 말 시인 신경림 선생을 통해서였다. 그가 '민예총 총무국장'의 직함을 갖고 있을 때였다. 몇 년 후, 나는 그가 살고 있던 서울 근교로 거처를 옮

스님은 심장을 드러내고 계곡물 소리를 듣는다
서로 가는 것을 묻지 않고,
길이 끝나는 곳으로부터
소리들이 되돌아와 발 디디는 곳마다
종을 울린다

물은 흘러가는 것을 묻지 않고 계속 흐른다
〈영국사에는 범종이 없다〉 중에서

기게 되면서 그와 자주 술잔을 기울이게 되었다. 그는 산적 같은 생김새와 소탈한 성정을 가지고 있지만 또한 섬세한 감수성의 소유자이기도 하다. 자연, 특히 나무며 들풀, 꽃 등에 각별한 관심을 쏟고 있었다. 가까운 사찰과 산천으로 나를 이끌며 주변의 들꽃에 대해 많은 것을 알려 주었다. 고백컨대 나는 그에게서 '개망초꽃'을 처음 알았다. 그 시절 '공동체적 삶을 꿈꾸며 서로에게 꿈과 희망을 나눌 수 있는 사람이 그립다'던 그는, 종종 팍팍한 도시 생활에 대해 불만을 토로하곤 하더니 어느 날 짐을 싸들고 고향으로 내려가 버렸다. 그의 시집 〈영국사에는 범종이 없다〉는 그가 귀향 후 5년여에 걸쳐 쓴 시들을 묶은 것이다.

가을이면 양문규는 바쁠 것이다. 노랗게 물들은 '영국사'를 찾아 온 지인들을 맞이 하느라. 나도 만사 제치고 내려가서 그와 막걸리 한잔을 기울여도 좋을 것 같다. 시와 술과 자연이 어우러진 가을날의 정서를 맘껏 느낄 수 있는 만남이 될 성싶다.

어느 해 이른 봄날이었던가, 그와 내가 마을 지척 과수원의 복사꽃과 마주 친 것은. 그때 우리는 흰 배꽃의 바다에 분홍꽃잎을 띄운 몇 그루 복사나무를 발견하곤 뜻밖의 아름다움과 맞닥뜨리는 희열을 맛보았다.

화사하게 피어나는 복사꽃을 바라보며 미래를 기약하던 시절. 아, 그 시절이 그립다. 🍂

삶의 고랑을 갈아엎어 보라

유용주 : 서산의 시인

유용주는 '사내'라는 말이 잘 어울리는 남자다.

그 사내 앞에서는 나도 모르게 주눅이 든다. 장대한 덩치, 그 큰 몸집답지 않게 주변을 깊이 배려할 줄 아는 섬세함, 좌중을 들었다 놓았다 하는 걸출한 입담, 두주불사의 주량…. 그러나 결정적으로 그의 굵고 진중한 삶의 무게에, 나는 꼬리를 내릴 수밖에 없다.

유용주에게는 녹록치 않은 삶의 힘이 묻어 있다.

그는 충남 서산에서 출근을 하는 아내를 대신해서 '전업

주부'로서 살림을 꾸리고, 글 쓰고, 술 마시며, 바쁘지만 알차게 살고 있다. 유용주를 알기 전 내게 서산은 백제의 미소로 유명한 '마애불의 서산'일 뿐이었다. 그러나 몇 년 전 그곳에서 끔찍했던 2박3일의 악몽(?)을 겪은 후엔 '유용주의 서산'을 먼저 떠올리게 된다.

유용주의 곁엔 그와 똑같이 생긴 무시무시한 이들이 포진하고 있다. 소설가 한창훈과 시인 이정록이다. 이들은 문학과 삶을 안주삼아 술을 마시면서 팔씨름이나 옆차기, 근육자랑 등을 하면서 논다. 고작 한잔 술에 취해 재담이나 떨 줄 아는 나는 그들의 과격한 술자리가 공황 그 자체였다.

유용주는 우리가 흔히 이야기하는 산전수전 공중전을 다 겪으면서 살아온 사람이다.

또래들이 부모에게 용돈 받아가며 학교에 다닐 때, 그는 팔뚝을 걷어붙이고 안 해 본 일이 없을 정도로 많은 일자리를 전전하며 세상공부를 했다. 중국집 배달원, 금은방 종업원, 배관공, 벽돌공, 빵공장 화부火夫, 신문팔이, 구두닦이

네 앞에서는
차마 눈을 똑바로 뜰 수 없다
눈은 물을 찢고 피어난 꽃이기 때문이다

쏟아지는 기침 언 손으로 틀어막고
너에게 간다
비틀거리며 간다
〈눈보라〉 전문

등 주로 몸으로 때우는 밑바닥 일자리였다.

베스트셀러가 되었던 그의 산문집 〈그러나 나는 살아가리라〉에서 그는 이렇게 썼다.

"삶의 주름진 고랑을 갈아엎어보지 못한 사람은 모를 것이다. 눈물이, 상처가, 고통이 얼마나 소중한 씨앗인지."

그는 삶의 상처와 고통의 씨앗에 희망의 물을 주고 거름을 덮어 스스로 장대한 나무가 되어 '노동일기'라는 열매를 수확했다.

그는 또 말한다.
"길을 더럽히는 족속들은, 길은 한번 지나가버리면 종적이 묘연하다느니, 자취가 없다느니, 흔적을 찾을 수 없다느니 하면서 길을 함부로 대한다. 그러나 길처럼 뚜렷한 흔적은 이 세상에 없다."

그는 누구보다 절절한 '삶의 길'을 걸어왔다. 그리고 자신이 걸었던 길의 흔적의 편린을 당당하게 세상에 드러내었다. 자신이 걸어왔던 길의 중간 보고서를 작성했던 것이다. 지금도 그는 간난신고를 이겨내고 여전히 자신만의 길을 걷고 있다. 앞으로 그는 어떤 흔적을 남길 것인지….

유용주의 장서표를 만드는데 시인 이정록이 참견을 하며 거들었다.

"그냥 생긴 대로 그려요. 릴라."

보이는 모두가 아름다움이야

유홍준 : 미술평론가이자 현 문화재청장

"사랑하면 알게 되고, 알면 보이나니, 그때 보이는 것은 전과 같지 않으리라."

일반 독자들에게 너무나 익숙한 책이 되어버린, 〈나의 문화유산답사기〉의 서문에 들어 있는 말이다.

유홍준 선생은 우리나라 전 국토에 널린 문화유적을 꼼꼼히 답사해서, 그 의미와 아름다움을 인간의 체취가 풀풀 풍기는 탁월한 이야기 솜씨로 풀어놓아 보통사람들에게 우리 문화유산의 소중함을 일깨워 주었다. 그의 저서 〈나의 문화유산답사기〉는 이제 인문 교양서의 고전으로 자리 잡아 독자들에게서 꾸준한 사랑을 받고 있다.

1980년대 중반 '그림마당 민'에서 '젊은이를 위한 한국미술사'를 열강 하던 선생의 모습을 잊을 수 없다. 무더운 여름날씨에도 좁은 지하공간을 꽉 채운 청중들과 혼연일체가 되어 온몸으로 토해내던 그의 뜨거운 열정을. 나중에 '한국미술사의 전도사'라는 별명을 얻기도 했지만 그는 이미 그때도 강단에만 머무는 학자가 아니었다. 삶과 지식을 이어주는 대중교사로서의 구실을 다하고 있었던 것이다.

선생과의 답사여행은 미술사 강의와 마찬가지였다. 고속도로를 달리는 버스 안에서도, 쇠락해가는 유적지에서도, 산간마을의 시골장터에서도 그의 강의는 쉬지 않았다. 절집에 가면 새벽예불에 참여해서 장엄한 예불 소리에 취하기도 했고, 대보름 때면 당산제에 참여해 마을 주민들과 함께 줄다리기와 쥐불놀이를 하기도 했고, 시원한 그늘의 대숲에 누워 대나무 사이로 보이는 파란 하늘을 바라보기도 했다. 이 모

사랑하면 알게 되고,

알면 보이나니,

그 때 보이 는 것은 전과 같지 않으리 라 .

든 것이 선생의 강의의 소재가 되었던 것이다.

서양화를 전공하여 상대적으로 동양미술사의 맥에 어두웠던 나는, 선생을 통해 한국회화사, 중국미술사, 그리고 역사와 문화에 대해 새로운 시각을 가질 수 있었다. 굴산사지의 당간지주와 감은사지 석탑의 하늘을 다시 보았고 추사와 단원을 새롭게 배웠다. 선생과 함께 나누는 일상적인 대화 속에서도 선생 특유의 미적 안목을 발견하며 감탄하곤 한다. 우리가 별다른 의미를 못 느낀 채 무심히 지나치는 것에서도 그는 문화현상에 빗대어 그것의 의미를 풀어내곤 한다.

선생은 여전히 답사의 길을 가고 있다. 이 시대의 지식인으로서, 학자로서, 저자로서, 대중교사로서 보통사람들에게 우리 문화유산의 소중함을 알리기 위해 뛰고 있다.

선생의 장서표를 만들면서 불교미술사를 강의하며 그가 말하던 '진흙물 속에서 흐르는 한 줄기의 맑은 물이 연꽃을 피우게 한다'는 말이 떠올랐다. ☙

잃어버린 세계에 대한 그리움

윤대녕 : 사슴 같은 소설가

'신문지 위에는 바다 비린내를 풍기며 곧 튀어 오를 것 같은 물고기 세 마리가 누워 있다. 그리고 그 크기를 비교하느라 그 옆엔 그가 즐겨 피우는 에세 담배갑이 놓여 있다.' 윤대녕이 보낸 이메일에 첨부된 사진의 내용이다. 나는 미소 지으며 그 사진을 '도미낚시통신'(?)이란 제목으로 하드디스크에 저장했다.

얼마 전까지 제주도에 살고 있던 그는 가끔 바다낚시를 해서 스스로 찬거리를 해결한다고 자랑하곤 했다. 그는 한라산 자락의 작업실에서 소설 쓰고, 산책하고, 맥주도 마시며 스스로 유폐의 생활을 하다가 일산으로 돌아왔다.

윤대녕은 도무지 한 곳에 머무르며 살지 못하는 팔자인 것 같다. 제주 생활을 하기 전에도 수차례나 작업실을 옮겨 다니면서도 노트북을 챙겨들고 설악산, 모악산 자락이나 일본의 아키타 등을 떠돌아 다녔다. 역마살이 끼었다 할 정도로 여행을 좋아하는 그는 어딘가를 여행중이거나 한갓진 곳에 처박혀 있기 일쑤였다. 그리고 그 경험을 한 후에는 그만의 특유한 문체로 쓴 소설을 들고 나타났다. 잃어버린 세계에 대한 그리움과 매혹을 이야기하는 그의 소설은 산문이라기보다는 어쩐지 시와 같다. 그의 소설과 만남은 언제나 즐거웠다.

나는 여행을 다니다가 그의 소설의 무대가 되었던 곳을 지나칠 때면 그를 떠올리며 반가워한다. 몇몇 친구들과 〈신라의 푸른길〉의 무대인 7번 국도를 타고 다니던 여행에서도 비록 그와 몸은 함께하지 못했지만 내내 우리 일행과 같이 있다는 느낌이 들 정도였다.

내가 바라보는 것은 늘 전면이었다. 하지만 사람은 과거에 의해,
과거에 의지하여, 과거를 형성하며 살아가는 존재인 것이다.
삶 에 있 어 서 뒤 가 없 는 앞 이 란 있 을 수 없 다 .
과거가 없는 인간은 늘 실종 상태라는 걸 의미한다. 사람이란 가끔
과거라는 보금자리에 들어가 앉아 있어야만 할 때가 있다.
〈옛날 영화를 보러갔다〉 중에서

윤대녕은 프로 작가다. 그는 소설을 쓰기 위해 태어난 사람이라는 것이다. 그는 어느 글에서 '작가는 신분적인 존재가 아니라 행위하는 존재다. (…) 작가는 아마추어가 될 수 없다. 한권의 책을 내는 순간 싫든 좋든 프로로서의 삶을 받아들여야 한다. 동시에 많은 것을 포기해야 한다.'라고 말하고 있다. 나는 그를 통해 한없이 게으르기만 한 나의 모습을 반성하곤 한다.

윤대녕을 처음 만난 것은 1990년대 중반이었다. 그는 이미 〈은어낚시통신〉을 발표해 문단의 주목을 받고 있었고 이른바 '90년대의 작가'라는 닉네임이 붙어 있었다. 나는 첫인상에서, 예민한 감수성을 가지고 있는 사람들이 대개 그렇듯이 어딘가 모르게 까다로운 사람이라고 짐작했다. 그러나 가까이 지내면서 그의 참 모습을 발견하곤 그의 인간미에 감탄을 하곤 했다. 남에게 폐 끼치는 행동은 절대 하는 법이 없다. 그는 우리가 한때 가지고 있었지만 잃어버렸던 그 무엇을 잃지 않고 사는 사람이다. 나는 그에게서 '삶의 쓸쓸함을 이미 알아버린 고고한 사슴의 이미지'를 본다. 🐾

바람에 날리는 나뭇잎 같은

은희경 : 풍경 같은 소설가

은희경은 자타가 공인하는 새침데기다. 물론 긍정적인 의미
로 말이다. 그는 상냥하고 친절한 태도로 타인을 대한다. 가
끔은 한없이 망가지고(?) 싶을 때도 있다지만 겁이 많아 완
전히 망가지지도 못한다. 사람들을 좋아하지만 금방 어울리
지 못하는 성정을 가지고 있는 그는 소설을 쓰기 위해 '혼자
있는 시간을 확보하기 위해서'도 지인들을 자주 만나는 것
을 자제한다. 그래서 등단한 지 10년이 넘었지만 교류하는
'문우'가 그리 많지 않다. 아마 너무 어른스럽게 어린 시절
을 보내서인지도 모르겠다. 그의 장편소설 〈새의 선물〉을 읽

어보면 안다.

　은희경은 전북 고창에서 유년을 보내고 전주에서 중·고
등학교를 다녔다. 책 읽는 것을 좋아해서 밤을 새우기 일쑤
였다. 이를 보다 못해 부모님은 밤엔 책을 못 읽게 했다. 그
래서 불빛이 새어나가지 않도록 뒤집어쓴 이불 속에서 전등
을 켜고 책을 보았다. 초등학교 때 이미 문예반 활동을 하며
작가가 되겠다고 결심을 했다. 대학과 대학원에서 국문학을
전공했고 졸업 후 출판사와 잡지사에서 근무했다.

　30대 중반의 어느 날 '더 이상 작가의 삶을 미룰 수 없
다'는 각오로 한 달간 휴가를 내어 서울을 떠나 다섯 편의
단편을 썼다. 그리고 이듬해인 1995년 서른여섯의 나이에
중편 〈이중주〉가 신춘문예에 당선되면서 등단했다. 곧 문학
적 인정을 받았으며 독자로부터 폭발적인 인기를 얻었다.
그리고 〈행복한 사람은 시계를 보지 않는다〉, 〈마이너 리그〉
등의 소설로 이른바 베스트셀러 작가가 되었다. 그는 '풍부
한 상상력과 능숙한 구성력, 인간을 꿰뚫어보는 신선하고
유머러스한 시선, 감각적 문체 구사에 뛰어난 소설가'라고

꿈이란 건 참 이상한 거야.

단 한번이라도 좋으니 꼭 그렇게 되어보고 싶거든.

그것 때문에 인생이 일그러지고 깨질 게 뻔하더라도 말야.

힘들고 재미없는 때에는 그 꿈을 생각하면 조금 위안을 얻어.

이루어지건 안 이루어지건 꿈이 있다는 건

쉬 어 갈   의 자 를   하 나   갖 고   있 는   일   같 아 ….

〈내가 살았던 집〉 중에서

평가받고 있다.

이상하게도 은희경과의 첫 만남을 기억할 수 없다. 그의 기억을 빌리면 2000년 현기영 선생의 문학상 수상식 뒤풀이에서라고 한다. 불콰한 얼굴로 과메기 안주와 막걸리를 권하면서 자신에게 집적거렸대나…. 하지만 1998년에 출간한 장편소설 〈마지막 춤은 나와 함께〉를 내 판화달력과 우편으로 교환해 읽었던 기억이 있으니 그 이전인 것만은 틀림없다.

자신의 소설에 대해 한마디 하라고 하니 '비 오는 가을날 바람에 날리는 나뭇잎 같은 풍경'이었으면 좋겠다고 한다. 우리가 앉아 있던 찻집의 창밖 풍경을 그대로 묘사하는 순발력에 감탄할 따름이다.

은희경은 어릴 적부터 '초저녁의 달을 쫓아다니는 조그마한 별을 볼 때마다 슬프고 애잔한 느낌이 들곤 했다'고 한다. 그의 소설을 재미있게 읽고 난 후에 느끼는 페이소스의 뒷맛을 그의 장서표에 새겨 넣고 싶었다. 🙂

우리는 누구나 매듭을 가지고 있다

이경자 : 무당보다 무당 같은 소설가

80년대 초반, 무엇이든 구경하길 좋아했던 내겐 굿판도 예외가 아니었다. 특히 강신무 김금화 만신이 이끄는 황해도 배연신굿과 대동굿은 빠지지 않고 찾아갔다. '서해안 풍어제'라는 이름으로 인천의 화수부두나, 소래포구 등의 바닷가에서 열리던 행사였다. 흥겨운 무악巫樂과 '배치기' 노래를 따라 흥얼거리기도 했고 '굿그림'을 일일이 사진기에 담기도 했었다. 그때, 구경꾼 중에 화사한 미소가 아름다워 항상 눈에 띄던 여인이 있었다. 그가 바로 소설가 이경자 선생이다.

선생은 여성의 주체적인 삶을 지향하는 페미니스트 작가로 알려져 있다. 〈절반의 실패〉, 〈사랑과 상처〉, 〈그 매듭은 누가 풀까〉 등의 문제작을 순차적으로 발표하여 '가부장제 사회의 약자인 여성들이 자신의 정체성을 찾아가는 모습들을 치열하게 탐구해 온 작가'라는 평을 받아왔다.

이경자 선생은 강원도 양양에서 태어나 그곳에서 청소년기를 보냈다. 면사무소 뒷집에서 살았으나 초등학교 4학년 때까지 전기가 들어오지 않아 '남폿불' 아래에서 책을 보았다. '낙엽'이란 제목의 작문을 써서 교장선생님에게 칭찬을 받고부터 글쓰기의 매력에 푹 빠졌다. 군인아저씨에게 보내는 위문편지 등을 도맡아 써주었고 학교 대표로 글짓기 대회에 나갔다. 사춘기 때는 〈사상계〉에 실린 소설들을 즐겨 읽었다. 이범선, 손창섭 등의 한국 전후 작가나 도스토예프스키, 알베르 카뮈 등의 소설 속에 파묻혀 공상과 비현실의 세계에서도 살았다. '여자'가 쓸데없이 소설을 쓴다고 부친에게 매를 맞기도 했으나 고3때 숙명여대 단편소설 공모에 입선을 해서 부모님으로부터 인정을 받았다. 대학은 당연히 문

다 죽은 서낭나무에 우는 새야

잎이 없으니 꽃이 아니 피었고

열매가 없거늘 무엇을 보고 울고 지느냐

가실 때는 오마더니 옛님을 섬기러 갔느냐

한 번 가면 영 영   무 소 식 이 구 나

〈계화〉 중에서

예창작학과로 입학했다.

대학시절 내내 신춘문예에 응모했으나 번번이 낙선의 고
배를 마셨다. 혹시 자신조차 '신뢰할 수 없는 글씨'인 악필
때문일지도 모른다는 생각이 들어 예쁜 글씨체를 가지고 있
던 친구에게 필사를 시켜 스물다섯의 나이에 신춘문예에 당
선되었다. 그 해가 1973년도이었기 때문에 박범신, 김승희,
정호승, 김창완, 이동순 등의 신춘문예 동기들과 더불어 이
른바 '73그룹'이라고 불려졌다.

선생은 여성의 존재조건에 대한 관심과 더불어 한국인의
마음속에 있는 무속적 심성을 주목했다. 무속신앙이 가지
고 있는 자연주의와 평등성을 발견함으로써 자신의
소설세계를 넓혀왔다. 장편소설 〈그 매듭은 누가 풀까〉
를 이끌고 있는 '도랑선비 청천각시' 이야기는 다름 아닌 함
흥지역의 무가巫歌였다. 몇 해 전에는 달랑 배낭 하나 메고
'모계사회'를 찾아 나섰다. 중국 서남부 윈난성의 오지 루그
호수 변에 살고 있는 모소족과 한 달 동안 생활하고 돌아왔

다. 그 결과물이 산문집 〈이경자, 모계사회를 찾다〉이다.

선생의 장서표에는 제비꽃이 새겨져 있다. 봄날 양지 녘에
아주 수줍게 고개를 떨어뜨리고 있는, 한 포기 한 포기는 참
여려 보이지만 한 곳에 무리지어 빛깔 가득 피우는 오랑캐
꽃. 선생의 모습은 이와 같다.

동백은 붉기만 한 게 아니다

이도윤 : 눈물 같은 시인

전 국민을 열광시켰던 2002년 월드컵. 특히나 우리 대표선수의 경기가 있는 날에는 온 국민이 텔레비전에 시선을 고정시켰다. 그때 MBC문화방송에서는 중계방송을 마칠 때마다 장엄한 한 편의 시가 화면 가득 차올랐다. 시청자들로 하여금 흥분된 감정을 더욱 고조시켰던 그 시의 주인공은 다름 아닌 시인 이도윤.

그는 바쁘다. 시인이자 방송사 스포츠 피디로서 시집 발간을 준비하랴, 방송 진행을 총괄하랴, 눈코 뜰 새가 없다.

이도윤은 정열적인 사람이다. 그와의 인연은 90년대 초 방송민주화운동 때 그가 관여하던 〈노조특보〉에 나의 판화를 실으면서부터였다. 그는 당시 대자보 벽시, 성명서 등을 통해 파업을 선동한 주동자로 수배되어 도피생활을 하기도 했다. 눈앞에서 벌어지는 불의를 도무지 참아내지 못하는 성정을 가지고 있는 그의 당연한 행보였다.

이도윤은 1985년 〈시인〉지로 등단한 이후 두 권의 시집 〈너는 꽃이다〉와 〈산을 옮기다〉를 펴내었다. 과작이다. 자신은 게으름 때문이라고 말하지만 시에 대한 자기 자신의 엄격성을 가지고 있는 듯하다. 그는 시 자체가 '눈물'이라고 한다. '우리가 살아가고 있는 이 세상을 잊지도 않고 버리지도 않겠다는, 현실을 부둥켜안고 살아가겠노라는, 결의에 찬 값진 눈물.'

그를 이야기할 때 빼놓을 수 없는 것은 술이다. 술과 관련된 에피소드가 그에게는 많다. 10여 년 전, 서슬 퍼런 권위주의정권 시절. 낮술에 취한 그는 광화문 네거

내 가슴에 살고 있는 물방울들이

점 점　자 라 나　분 가 를　한 다　누구는 머리를

풀어헤쳐 떠나고

누구는 벙어리 눈망울

누구는 욕설과 저주

누구는 지상에 안착하기 위해

〈눈물〉 중에서

리 이순신 동상 앞에서 노상방뇨를 하다가 경찰차에 실려 갔다. 그리고는 화장실 문화에 대해 열변을 토로하고 나선 훈방조치 되었다. 당시 세상사의 위선과 허위에 대한 반감을 그렇게 풀어내기도 했던 것이리라. 그는 스스로 일 년 중 108일간은 금주기간을 갖는다. 금주기간에는 어쩔 수 없이 술자리에 앉게 되더라도 한 모금의 술도 입에 대지 않는다.

이도윤이 벌인 일이 또 하나 있다. 그가 흠모하던 조태일 선생이 생전에 내내 품고 있었으나 미완으로 끝나버린 〈시인〉지의 복간 작업이다. 그가 사재를 털어 만든 〈시인〉지는 독자로부터 고전과 현대가 잘 어우러진 시전문지라는 반향을 얻었다.

얼어붙은 하늘 몰아치는 바람
어디로 갈거나 어디로 갈거나
바람에 실려 수만리 날아온 겨울새
어미를 잃었나
그리움 끝없는 세상이라

피붙이들 또다시 흩어지고

어디로 갈거나 어디로 갈거나

남쪽바다 절벽 위 외발로 서서

갈 곳 없는 하늘에 붉은피를 쏟는다

　그의 시 〈동백〉의 전문이다. 그의 고향 전남 화순의 마을
에는 아주 커다란 동백나무가 많다. 그는 어린시절, 겨울
내내 하얀 눈을 안고 있는 붉은 꽃의 처연함을 보며
절개를 배웠고 하얀 눈길 위로 통꽃 그대로 떨어지
는 모습을 보고는 비겁하거나 추하지 않는 생을 마
음속으로 그리면서 성장했다. 그는 동백 같은 생을 살
고자 한다. 그래서 이도윤은 그만큼 정렬적인가 보다. 🏔

꿈조차 몸 밖으로 도망하는 세월

이문재 : 그리움의 시인

"지리산 이십만 원!"

늦은 밤, 서울의 한복판 정동거리. 취기 어린 불콰한 얼굴의 한 사내가 목청 높여 택시를 잡는다. 택시들은 욕을 한바가지 퍼붓고 그냥 지나가 버린다.

"타세요."

마침내 그 앞에 택시가 섰다. 그는 그렇게 지리산으로 다시 내려갔다. 이문재하면 먼저 떠오르는 에피소드다.

몇 년 전 봄, 그는 지리산을 도보 순례한 적이 있었다. 수경스님, 시인 이원규 등과 함께 함양, 산천, 하동, 구례, 남

원 등으로 십육 일 동안 걸어서 지리산 아랫도리 팔백오십
리를 한 바퀴 돌았다. 그리고 서울로 돌아온 지 삼일 째 되
던 날, 그는 불현듯 두고 온 지리산이 너무 그리워 무작정
택시를 탔다. 이른바 '이문재의 지리산 이십만 원 사건'의
전말이다.

이문재는 '느림의 미학'을 추구하는 시인이다. 1982년 〈시
운동〉에 작품을 발표하며 등단한 후 세 권의 시집을 펴냈다.
문명사회의 반인간성, 속도제일주의에 대한 성찰과 반성으
로 생태학적 상상력을 보여 주었던 그는 '탁월한 시적 상상
력과 지적인 탐험가적 시선으로 물상을 포착해내며, 삶의 궁
극을 새롭게 성찰하게 하는 의고擬古와 반성을 잘 담아냈다'
는 평을 받아왔다.

그는 '실향민의 자식'이라는 자의식을 가지고 있다. 나는
그에게 동류의식을 느낀다. 나 또한 실향민의 자식이기 때문
이다. 황해도 해주부근이 고향인 그의 부모와 형제들은 목포
강진 등을 전전하다 김포 검단에 자리를 잡았다. 임진강이

거미로 하여금 저 거미줄을 만들게 하는

힘 은   그 리 움 이 다

거미로 하여금 거미줄을 몸 밖

바람의 갈피 속으로 내밀게 하는 힘은 이미

기다림을 넘어선 미움이다

〈거미줄〉 중에서

바라다 보이는 피난민마을인 그곳에서 그의 부친은 지천명의 나이에 늦둥이를 보았다. '쉰둥이'인 그는 어린시절 늙으신 부모와 터울이 많은 형들 사이에서 '고아'처럼 자라며 내성적인 아이가 되어버렸다.

그러던 그가 조금씩 외향성을 띠게 되었던 것은 대학시절 연극을 하면서부터였다.(지금도 그는 결코 외향적인 사람이라고 볼 수 없다.) 소설가 김형경과 이혜경, 영화평론가 이효인 등이 그의 연극동아리 동기이다. 한편으로는 박덕규, 류시화, 박주택 등 문예장학생으로 입학한 국문과 동기들에게 자극받아 문학수업을 했다고 한다. 이십대 초반에 벌써 도반들을 만난 셈이다.

오래된 내 몸, 항상 향상을 꿈꾸었으나
향상하는 나무 성처럼 껴안아
나무 한 그루 내 안에 섬기려 했으나
길 위의 몸 하나 황폐해서 적막해서
꿈조차 몸 밖으로 도망하는 세월
향상하지 못하는 몸 퍼렇게 떠서

부피를 버린다

죽음 한 채 떨어뜨린다

〈나무들은 向上한다〉의 일부

그의 시집 〈마음의 오지〉에 수록된 작품이다. 나는 이 시를 읽고 가슴이 아파 그의 장서표에 향상하는 나무 한그루 심어 넣었다.

'걷기'에 대한 관심이 많은 그가 이십대 후반부터 꿈꾸어 오는 일이 있다. 실크로드를 걸어서 순례하는 것이다. 꿈은 이루어지리라. 언젠가는, 어쩌면 곧. 🏔

이름 없는 풀, 이름 많은 사람

이산하 : 세 이름의 시인

늦은 밤 홍대 앞 골목에서였다. 구부정하게 앞서 걸어가고 있는 취객의 등이 낯익었다. 나는 그를 불러 세웠다.

"이산하 형!"

하지만 그는 여전히 고개를 숙인 채 멀어져 가고 있었다.

"어이, 이상백!"

그제야 자신을 부르는 소리로 알아들었는지 뒤를 돌아다보았다. 이미 취기가 오를 대로 오른 얼굴이지만 반가워하며 한잔하자고 나를 이끌었다. 하지만 일행과의 과도한 술자리를 피해 도망 나오는 길이었던 나는 후일을 기약했다. 그는

새 명함을 내밀었다. 몇 달 전에 그의 명함을 받았었는데, 그
새 또 거처를 옮긴 모양이다.

나는 그를 세 이름으로 만났다.

'이상백'. 호적에 올라 있는 이름이다. 그는 이 이름으로
부산에서 청소년기를 보냈다. 그는 일찍부터 시인의 자질을
드러냈다. 고등학교 시절 〈학원〉문학상 등 전국의 문예 백일
장을 휩쓸다 시피하면서 수많은 문학 지망생들에게 선망의
대상이 되었다. 마침내 문예장학생으로 대학에 입학을 하면
서 서울로 진입했다.

'이륭'. 이 이름과는 80년대 초반 〈시운동〉 동인시집에서
맞닥뜨렸다. 책장 한 구석에서 누렇게 바래어 가는 〈시운동
6집〉을 꺼내보니 '1984.9.15 10:15 문산에서…'라고 흘려
쓰여 있다. 군복무 시절 외출을 나가 부대근처 서점에서 구
해 보았던 것이다. 나중에 알았지만 이상백의 다른 필명이
'이륭'이란 것을 알고는 깜짝 놀랐던 기억이 있다.

'이산하'. 그는 이 이름으로 쓴 장편서사시 '한라산'으로
필화사건을 겪었다. 국가보안법 위반으로 구속된 것이다. 그

풀밭, 그 어디를 둘러보아도

어느 것 하나

자 기 를   뽐 내 지   않는다

〈이름없는 풀〉 중에서

의 시 '한라산'은 잊혀졌던 제주 4 · 3민중항쟁을 역사의 무대로 끌어올리는 결정적인 역할을 했다. 2년여 동안의 옥고를 치른 뒤 인간에 대한 절망감으로 오랜 기간 붓을 꺾었던 그는, 1999년에 와서야 첫 시집 〈천둥같은 그리움으로〉를 내놓음으로써 문단으로 돌아왔다.

필자보다 일 년 연상인 그는 종종 사석에서 자신에게 형 대접을 하지 않는다며 서운해 한다. 그러나 나는 10여 년간의 절필기를 거칠 수밖에 없었던 그의 상처와, 신산했던 삶의 무게가 녹아있는 그의 시에 고개를 숙이는 것으로 대신한다.

날지 않는 새처럼
나는 법도 잊어버리고
울지 않는 새처럼
우는 법도 잊어버렸는데
새라면 좋겠네
날개없이 날 수 있는

그런 새라면,

새라면 좋겠네

목없이 울 수 있는 그런 새라면,

아- 그러나

저 설명없는

푸른 강이라면

더욱 좋겠네

〈날지 않고 울지 않는 새처럼〉의 일부

나는 그의 장서표에 비상하는 새 세 마리를 그려 넣었다.
그 새들은 저마다 이름을 가지고 있다. '이상백', '이룡',
'이산하'. ☖

사람 냄새 나는 마을

이순원 : 강원도 촌놈 소설가

비가 사정없이 퍼붓는 초여름, 연극공연을 보러갔다. '문학
가가 꾸민 연극식 작품발표회'라는 이름의 이 연극에 작가
가 직접 배우로 출연했다. 아마추어 배우인 이들의 어설픈
연기와 실수를 보며 맘껏 웃을 수 있으려니 했는데 웬걸, 시
인 공광규, 소설가 하성란과 함께 이순원의 연기는 기대 이
상이질 않은가. 특히 이순원의 격정적인-거의 악을 쓰다시
피 하던- 다혈질 연기는 정말 압권이었다. 뒤풀이 때 '형, 평
소 집에서 그렇게 악을 쓰고 사는 모양이지요'라고 농을 거
니 '내 작품을 연기하자니 어린 시절의 상처가 치유되는 것

같다'고 사뭇 진지하게 맞받았다. 그날 무대에 올려진 작품 중의 하나가 다름 아닌 그의 소설 〈수색, 그 물빛 무늬〉였다.

이순원은 스스로 강원도 촌놈이라고 말한다. 고향을 떠나온 지 꽤 되었건만 아직도 그의 말투에는 구수한 강원도 사투리가 고스란히 남아 있다. 유쾌한 모습으로 인사를 건네오던 그와의 첫 대면이 떠오른다. 그는 1분 이상 심각한 것이 싫다고 했다. 책상머리에서 심각한 것으로도 이미 충분하니까.

그는 등단 이후 우리 사회의 현실적인 문제를 소설로 써오다, 90년대 중반 〈수색, 그 물빛 무늬〉를 계기로 자신의 이야기를 풀어놓기 시작했다. 자신의 소설이 '사람 냄새가 나는 마을'이기를 바란다는 그는 사람과 사람 사이의 관계, 화해를 소설에 담고자 한다. 그는 남의 이야기가 아닌 우선 자신의 삶을 통해 사람과 화해하려는 것이다. 그래서 최근의 그의 소설들은 자전적 요소가 짙다.

그의 성장소설 〈19세〉를 보면 알 수 있듯이, 그는 고교 1학년 때 사춘기적 반항으로 학교를 그만두었다. 그리고 한 2

한번 스쳐간 다음 영원히 돌아오지 않는 별에만 가 있지 않았으면
하는 마음입니다. 몇억 광년 떨어진 곳에 가 있다 하더라도 제가 찾을
수 있는 별에만 가 있으면 돼요. 우리가 이곳에 머물고 있는 건 아주
짧은 시간이니까. 그런데도 때로는 아주 길게 느껴지는 시간이죠.
사랑하고 헤어지고, 다투고 미워하고, 그 모든 일들이 지금
이 작은 별에서 이루어지니까, 우리 인연도 그렇고요.
〈은비령〉 중에서

년 동안 대관령에 올라가 고랭지 채소 농사를 지었다. 그 때의 경험이 그의 문학의 자양분이 되었음은 두말할 나위도 없을 것이다.

　강릉의 전형적인 유교 가정에서 태어난 그는 삶의 방식에 있어서 보수성을 가질 수밖에 없다고 한다. '가부장제' 또한 무한책임의 개념으로 이해하면 지켜질 만한 미덕이 될 수 있다고 한다. 한계령 휴게소에서 양양 쪽으로 내려가다 오른쪽 샛길로 접어들면 한계령을 되넘는 또 다른 고개가 나온다. 군사도로라서 이름이 붙어 있지 않았던 그 고개에 그는 '은비령'이라는 이름을 붙여 주었다. 신비롭게 깊이 감춰진 땅이라는 의미에서 '은비령'이라고 한 것이다. 이젠 그곳에 살고 있는 주민들도 그곳을 '은비령'이라고 부른다. 이정표를 붙이는 등 지명으로 굳어졌으며 '은비령 타운'이라는 마을도 생겨났다. 나는 그 고개를 그의 장서표에 새겨 넣었다.

　오늘도 그는 여전히 삶과 문학이라는 험난한 고개를 넘어가고 있는 중이리라. 🔖

책 가득한 곳에 향도 그윽하여라

이윤기 : 노래 하는 소설가

'서권기 문자향書卷氣文字香'

이윤기 선생을 볼 때마다 떠올리게 되는 말이다.

나는 선생의 저서나 일상 언어에서뿐만 아니라 그가 취흥에 겨워 부르는 노래에서도 그 분위기를 느낄 수 있다. 그렇다고 선생이 근엄하다는 뜻은 아니다. 21세기 한국사회의 화두 중의 하나인 이른바 '삶과 지식의 화해'를 인문학적 글쓰기로 몸소 실천한 지식인의 상을 그는 보여주고 있다. 일반 독자들은 〈이윤기의 그리스 로마 신화〉를 통해 한국 사회에 '신화읽기' 붐을 일으킨 주역 정도로 이해할지 모르지만,

그러나 신화전문가로서만 이름 불려지기에는 그의 인문학적 향기는 너무 짙다. 그는 200여권의 번역서를 낸 한국의 대표적인 번역가이자 자신만의 독특한 세계를 구축한 소설가이기도 하다.

선생의 호는 과인過人이다. 풀어쓰면 '지나가는 사람'이라는 뜻이다. 그의 코스모폴리탄적 방랑의 여정을 반영한 듯하다. 그러나 재미있는 다른 뜻도 있다. 선생은 이메일 아이디를 kwine(과인)이라고 쓰는데 korea wine의 줄임말이라고도 한다. 술을 즐기는 선생의 유머를 엿볼 수 있는 대목이다. 어느 인터뷰에서 점쟁이의 무구나 수정구, 인디언 샤먼의 담배와 같이 술은 자신의 글쓰기 작업의 매개 역할을 하고 있다는 말을 했을 정도로.

나는 선생과의 술자리가 즐겁다. 술 마시는 동안 저절로 공부가 되기 때문이다. 얼마 전에도 선생의 양평 작업실에서 밤새도록 동서양의 신화와 고전을 넘나들며 내놓는 이야기를 안주삼아 대취한 적이 있다. 선생의 노래 또한 절창이다. 대화의 사이사이 절묘하게 노래를 끼워 넣어 이야기의

EX-LIBRIS

차차 밝혀질 테지만 신화는 '나'와도 같다. '나'는 혼자가 아니듯이,
'신화' 또한 홀로 떠다니는 이야기가 아니다. 우리 신화를 얘기하되
끊임없이 남의 신화를 이야기해야 하는 까닭이 여기에 있다.
역사에서 탯줄이 떨어진 신화, 곧 신이 神異한 이야기를 읽을 때마다
나 는   아 이 처 럼   들 뜬 다 .
〈꽃아 꽃아 문열어라〉 중에서

맛을 더해주는데, 판소리 단가에서부터 대중가요, 그리스 베트남의 노래까지 레퍼토리가 다양하다. 특히 나는 〈아버지는 말치기〉라는 제목의 몽골노래를 듣고 너무나 친숙한 감정이 들어서 꼭 배워 보고 싶다는 생각을 했다. 선생이 상재한 소설집 〈노래의 날개〉를 이끌고 있는 것도 다름 아닌 '노래'였다.

현재 선생은 과천에 살고 있지만 평생 읽고 쓰며, 술 마실 곳으로 양평에도 조그만 작업실을 마련해두었다. 나는 그의 작업실을 둘러보고 그 소박한 운치에 감탄했다.

나는 선생의 모습에서 그리스 로마 신화에 등장하는 반인 반수의 켄타우로스 족 현자를 떠올린다. 선량하며 정의를 존중하고, 의술과 예언, 음악, 사냥 등 뛰어난 지식으로 헤라클레스와 아스클레피오스, 이아손, 아킬레스, 악타이온과 같은 많은 영웅들을 가르친 케이론을.

나는 선생과의 술자리가 그립다. 이 말은 공부(?)를 하고 싶다는 뜻이기도 하다. 🏔

미술대중화의 길잡이

이주헌 : 미술평론가

그는 미술평론가로서 미술과 대중의 사이를 이어주는 '가교'이고자 한다. '미술에 관한 글쓰기'가 자신의 천직이라고 생각하는 그는, 1994년 〈20세기 한국의 인물화〉를 시작으로 〈50일간의 유럽미술관 체험〉, 〈서양화 자신 있게 보기〉 등 열한 권의 미술 저서를 펴냈다. 독자들에게 미술을 좀더 가까이하게 함으로써 미술을 통해 삶의 의미와 가치를 성찰하게하고 사회의 행복지수를 높이는데 기여를 하고 있다. 그는 독자들에게 미술을 단지 지식으로 이해시키는 것이 아니라 '느낌'을 주기위해 다양한 시도를 한다. 한겨레 미술담당 기자, 가나아트 편집장, 학고재 관장, 교육방송 〈이주헌의 미술기행〉의 진행자 등 그가 거쳐 온 이력에서 일관된 그의 관심과 행보를 알 수 있다.

미술이론이 아닌 서양화가 전공이었던 그는 자신의 글쓰기는 그림 그리는 창작행위와 다를 바 없다고 강변한다. 그는 언론출판계에 근무했던 선친덕분에 일찍부터 많은 책을 접할 수 있었고 예술적 소양을 키울 수 있었다. 주로 위인전기를 많이 읽었다. 아인슈타인의 전기를 읽고는 물리학자가, 베토벤의 전기를 읽고 나서는 작곡가가 되고 싶기도 했으나 밀레나 반 고흐를 만나면서 화가의 길을 꿈꾸었다. 초등학교 때부터 미술반 활동을 했고 당연히 미대에 입학했다. 그러나 그는 미대생답지 않게 도서관에서 많은 시간을 보냈다. 책을 통해 인문적 지식을 많이 습득했다. 졸업 후 그림을 그리는 데 도움이 될 수 있는 직업을 찾다가 언론사에 입사했다. 낮엔 출근하고 밤에 돌아와 캔버스와 씨름하는 주경야독의 생활을 했다. 그러다가 기자로서 '관객이 없는 전시'를 지켜보면서 문제의식이 생겼다. 자신의 갈 길을 찾았던 것이다. '미술대중화를 위한 글쓰기'다.

반 고흐가 그린 꽃이 만개한 나무들을 보면 그가 추구하는 행복의 성격을 쉽게 짐작할 수 있다. 그가 그린 나무의 꽃들은 대부분 하얗거나 하얀 색이 어떤 식으로든 섞여 있는 것들이다. 쏟아져 내리는 눈처럼 하얗게 캔버스를 누비는 그 꽃들. 그의 행복은 식물성이었고, 식물성 중에서도 수성樹性이었으며, 그것의 절정은 개화였다. 그 는   진 정   아 름 다 움 을   사 랑 했 다 .
〈50일간의 유럽미술관 체험〉 중에서

그와의 첫 인연은 1991년 나의 첫 개인전 때다. 그의 부름을 받고 당시 양평동에 있던 한겨레신문사 사옥에 인터뷰 차 방문하면서부터였다. 그의 기사 덕분에 전시를 성황리에 마쳤었다. 책도 언론매체라고 본다면, 13년 전에는 그가 필자인 나를, 지금은 이렇게 내가 그에 대해서 글을 쓰고 있으니 아이러니컬하다. 그는 체질상 술을 전혀 못한다. 그래서 좀 더 친밀한 친구로 지낼 수 없어서 못내 서운하다. 또 내가 음주가무를 하고 있는 순간에도 그는 열심히 공부하고 글을 쓰고 있다는 생각이 들 때마다 정신이 번쩍 든다.

이주헌은 현재 경기도 파주 헤이리 예술마을에 산다. 도심의 생활을 정리하고 들어간 그곳에서 대가족(?)과 전원생활을 하며 독서와 사색, 그리고 집필에만 몰두하고 있다. 자신의 장서표 내용처럼 요즘 자신의 생활이 어항속의 금붕어라고 너스레를 떤다. 자신의 갈 길을 미리 필자가 예상했나. 하지만 10여 년 전에 새긴 그의 장서표에는 금슬 좋기로 소문난 그들 부부를 표현했었다. 이젠 어린 붕어 네 마리를 더 새겨 넣어야겠다. 🐚

우연히 만나 새로 사귄 풍경

이지누 : 사진작가

"형! 내 컴퓨터가 바이러스 걸렸나 봐. 어떻게 해야 하죠?"

나는 컴퓨터에 이상이 생기면 일단 그에게 전화를 한다. 자신의 컴퓨터를 업그레이드 하면서 건네준 구형 컴퓨터를 사용하고 있는 나는, 그에게 애프터서비스(?)를 요구한다. 그는 남도로 촬영을 나갔다 돌아오는 중이라고 한다. 여독의 피곤함에도 불구하고 차근차근 설명을 해 준다. 덕분에 컴퓨터의 문제를 해결하고 이렇게 이 글을 쓰고 있다.

이지누. 그는 사진작가이다. 그리고 잡지 편집자, 문필가,

202

답사모임 안내자로 전방위적 활동을 해오고 있다. 나는 1990년 〈분단풍경-경의선 모임〉이라는 사진전시회에 참여하면서 그를 처음 만났다. 대부분의 참여자가 회화를 하던 화가였던 그 모임에서 유일한 전문사진가였던 그는 군계일학이었다. 그의 사진 지식에 휘둘리며 질투의 시선을 던지곤 했던 일이 엊그제 같다.

다큐멘터리 사진가였던 그는 그 후 부지런히 조국의 분단으로 비롯된 상처와 갈등을 카메라에 담아 왔다. 방독면과 헬멧을 착용하고 시위현장을 찾아 거리 곳곳을 누볐고(그 결과물로 〈원천봉쇄〉라는 사진집을 열매 맺었다) 휴전선 일대 곳곳을 사진에 담기도 했다.

이지누는 한때 잡지 편집인으로서도 탁월한 몫을 했다. 그가 만든 〈디새집〉은 한국의 자연, 사람, 문화, 사상을 글과 사진으로 엮은 계간지였다. 잡지사의 한 페이지에 커다란 흔적을 남기며 독자들에게 대단한 반향을 불러일으켰다. 아직도 독자들은 그를 이야기할 때면 〈디새집〉을 떠올린다.

그는 또 1994년 휴전선 일대에 대한 기행을 주도한 이후, 전 국토로 지평을 넓혀 '우리 땅 밟기'라는 문화기행 모임을

세상에 존재하는 모든 아름다움이란 결코 저 홀로인 것은 없다고
말입니다. 사람이 자연과 혹은 사람과 사람이 어찌
어 울 려   있 느 냐 에   따 라   그   아 름 다 움 의   정 도 는
달라질 수밖에 없음을 이제야 깨달은 것입니다.
상생 相生은 상승 上乘이라는 간단한 진리를 말입니다.

10년 넘게 이끌고 있다. 자신이 방방곡곡을 다니며 보고 느낀 것을 여러 사람과 함께 나누고 있는 것이다.

"…세상에 존재하는 모든 아름다움이란 결코 저 홀로인 것은 없다고 말입니다. 사람이 자연과 혹은 사람과 사람이 어찌 어울려 있느냐에 따라 그 아름다움의 정도는 달라질 수밖에 없음을 이제야 깨달은 것입니다. 상생相生은 상승 上乘이라는 간단한 진리를 말입니다."

그가 상재한 사진 에세이집 〈우연히 만나 새로 사귄 풍경〉의 머리글에서 토로한 내용이다. 그는 이 책에서 자신의 사진에 스스로 글을 채웠다. 아니 자신의 글에 사진을 실었다고 하는 것이 더욱 맞는 말이지 싶다. 문기 어린 사진과 글이 서로 상생하며 그의 세상 바라보기와 그 느낌을 더욱 풍부하고 운치 있게 전달하고 있는 것이다.

나는 그의 장서표에서 발품을 팔고 있는 그의 다리를 사진기에 붙여 넣었다. 그러나 이젠 펜을 들고 있는 손을 더불어 그려 넣어야 될 것 같다. 🖼

행자 누님, 벌써 예순이라뇨?

이행자 : 시詩 쓰는 대모大母

"행자 누님"

작가회의 젊은작가들은 선생을 이렇게 부른다. 사람들과 어울리기 좋아하는 그는 정이 많고 낙천적이다. 궂은일이나 어려운 일을 당한 주변 사람들을 보면 도무지 참지 못하고 챙기는 그는, 스스로를 '시 쓰는 식모'라고 한다.

'전태일 문학상'을 수상하면서 시인으로 등단한 이력이 말해주듯이 그는 민가협, 유가협의 어버이들과 행동을 같이 했다. 각종 재야단체의 기금마련을 위한 일일주점 등에서는 손수 부침개를 부쳐가며 민주화운동의 뒤치다꺼리를 했다. 지인들은 그가 내미는 일일주점의 후원티켓에 주머니를 털린 경험을 많이 가지고 있을 것이다.

선생과의 첫 인연은 1980년대 중반 역사기행과 산행을 겸한 '산모임'이라고 하는 모임에서였다. 당시 나는 〈노동자신문〉 창간을 위한 기금마련전시 기획 실무를 맡고 있을 때였는데, 전시장에서 우연히 마주친 중학교동창을 통해 그 모임에 섞이게 되었다. 산행보다는 역사기행 쪽에 관심이 많았던 선생과 나는 자연스럽게 많은 시간을 같이하게 되었다.

재미있는 에피소드 하나. 몇 년 전 선생의 생일모임에 초대를 받고 무심코 김수철의 시디음반을 선물했다가 황망했던 적이 있다. 문제는 음반의 제목이었다. 〈황천길〉. 아뿔사, 하필이면 생일에…. 그 후 나는 두고두고 그에게서 나의 무심함을 질책(?) 받아야 했다.

선생은 좋고 싫음이 분명해서 조금 까다로워도 보이기도

네 눈 속에

첫 새 벽   있 고

네 몸 속에

저 녁 강   흐 르 고   있 어

너를 만나고 헤어질 때마다

내 마음 젖는다.

〈네 눈 속에 샘 있어〉 전문

하지만, 자신이 좋아하는 사람들은 철저하게 관리(?)한다. 그림을 좋아하는 그는 요즘도 몇몇 화가에게 애정을 쏟고 있다. 판화가 홍선웅, 강행복, 박정호, 한국화가 유근택 등을 그는 끔찍이 아낀다. 그들이 전시회를 열면 마치 자신의 일인 양 마냥 즐거워한다. 그가 엇박자의 박수장단을 곁들여 부르는 '닐리리 맘보'를 들어 본 사람이라면 이미 그의 관리에 들었다고 볼 수 있다.

집안의 내력에 민족분단의 그늘이 드리워진 한국사회 독립운동가 자손의 대부분이 그렇듯이 그도 어린 시절을 불우하게 보냈다. 독립운동가의 딸인 그는 다리가 조금 불편하다. 고단한 역사의 상처를 몸으로 안고 사는 셈이다.

어젯밤 꿈속에서는 내 두 다리가
펄펄 뛰어 다니는 싱싱한 다리였다.
꿈은 사라졌지만
나 살고저
가장 낮은 곳으로 피어도

색동웃음으로 아침을 여는

채송화처럼

그의 시집 〈그대, 핏줄 속 산불이 시로 빛날 때〉에 수록된
시 〈꿈은 사라졌지만 아침이여〉의 전문이다. 이 소박하고 순
수한 시는 선생의 실존적 불행과 역사현실의 고단함을 뛰어
넘는 그의 낙천성과 삶의 의지를 엿볼 수 있게 한다.선생은
이미 육순이 넘었지만 소녀처럼 방긋방긋 색동웃음을 짓는
다. 그 모습이 참 아름답다. 🍰

미루나무도 춤추게 만드는 여행자의 노래

임의진 : 어깨춤 목사

남녘땅 강진, 정약용의 유배지 다산초당을 지나면 동백숲이 아름다운 백련사가 나온다. 거기서 조금 더 가다보면 아담하고 예쁜 남녘교회가 있다. 그곳에 가면 덥수룩한 수염을 자랑하며 이를 드러내며 웃고 있는 임의진 목사를 만날 수 있다. 그는 그곳에서 촌로들과 더불어 농사를 짓고, 노래를 부르고, 신명나게 '어깨춤'을 추며 살고 있다(어깨춤은 그 스스로 지은 호다).

그러나 나는 아직까지도 그가 목사라는 사실이 믿기지 않

는다. 그를 처음 만난 것은 아이러니컬하게도 미황사의 금강
스님을 통해서였다. 천진난만하게 벙싯거리며 '미황사의 말
사 남녘교회의 주지'라고 자신을 소개하는 그를 보며 단박
에 친밀감이 들었다.

몇 해 전 나는 '선무당仙舞堂'이라는 당호가 쓰여 있는 그
의 흙방에서 밤새워 통음 한 적이 있다. 그가 선곡해 들려주
는 음악과 그가 사는 이야기에 흠뻑 취했다. 그는 4천여 장
의 시디음반을 소장하고 있다. 그저 호사취미만은 아닌 것
같다. 그는 3장의 선곡음반과 자신이 직접 부른 음반을 낸
음악평론가이자 가수이기도 하다.

요즘 남녘교회에서 즐겨 부르는 찬송가는 운동가요 '그날
이 오면'이다. 그 날은 다름 아닌 조국의 '통일'이다. 수십
명의 시골할머니들이 신자의 대부분인 이 작은 교회에서 매
주 일요예배 때마다 '그날이 오면'을 부르며 북녘교회의 동
포들을 만나기를 기원하는 것이다.

누군가 먼저 슬픔의 마중물이 되어준 사랑이
우 리 들   곁 에   있 다

누군가 먼저 슬픔의 무저갱으로 제 몸을 던져
모 두 를   구 원 한   사 람 이   있 다

그가 먼저 굵은 눈물을 하염없이 흘렸기에
그가 먼저 감당할 수 없는 현실을 꿋꿋이 견뎠기에
〈마중물〉 중에서

임의진의 화두는 '만남'이다. 예수가 제자에게 자신을 친구로 부르라 했듯이, 북녘동포도 만나야하고, 배운 사람과 못 배운 사람, 부자와 가난한 사람, 도시와 농촌, 하느님과 인간, 교회와 절집도 서로 만나 친구가 되어야한다고 말한다. 그래서 부처님 오신 날에는 절집에도 간다. 그리고 성탄절에는 금강스님을 교회로 초대한다. 유학자이면서 천주교도였던 정약용과 혜장선사, 초의선사와의 교류를 보는 듯하다.

임의진은 다재다능한 사람이다. 모든 예술 장르를 충만하게 느끼며 살고 싶다고 한다. 그는 〈참꽃 피는 마을〉, 〈종소리〉 등 세 권의 수필집을 펴냈고 곧 시집도 나올 예정이다. 화가가 되고도 싶었다니 언젠가는 판화 전시회를 연다는 소식을 보내올지도 모르겠다.

고등학교 시절, 장래희망을 '사람'이라고 적었다가 교사에게 불려가 실컷 매를 맞았다는 그는, 여전히 '사람'이 되고 싶다는 희망을 버리지 못하고 있다. 그는 오늘도 '사람'

이 되고자 시골 촌로들과 함께 예배를 마친 뒤 맥주를 마시기도 하며 일상 속에서의 구원과 깨달음을 얻고 있을 것이다.

　대부분의 사람들은 그를 괴짜 목사라고 생각할지도 모른다. 하지만 나는 끼 많은 그의 모습을 바라보는 일이 즐겁다. **천연의 바람처럼 살고자 하는 임의진은, 이미 '사람'이다.** 🖂

섬세함에 숨어 있는 도발적 열정

전경린 : 달처럼 사막을 가로지는 소설가

전경린이 일 년에 한번 부를까 말까 하는 노래를 불렀다. 좀처럼 타인 앞에서 노래를 부르지 않는 그도 자신의 출판기념 모임에선 주위의 청을 거절할 수 없었으리라. 목을 넘어 나오는 노랫가락에 경상도 사투리의 억양이 슬쩍 비쳤다.

'귀기의 작가' 또는 '정념의 작가'로 불리는 전경린. 그는 삶의 일상성을 흔들어놓기에 모자람이 없는 눈부신 감성으로 현대 여성의 정체성 문제를 특유의 문체로 그려낸다는 평을 받고 있다.

내성적인 그는 어린 시절, 혼자 다락방에 올라가 독서를 하면서 지냈다. 주로 문학서적과 함께 침묵의 시간을 보냈는데 특히, 에밀리 브론테의 〈폭풍의 언덕〉을 너덜너덜해지도록 반복해서 읽었다. 인간의 애증을 강력한 필치로 극한까지 묘사한 〈폭풍의 언덕〉에서 예의 '귀기'와 '정념'의 원천을 진작 습득한 것은 아니었을까?

독문학을 전공하던 대학 2학년 때 상금에 눈이 어두워(?) 응모한 소설이 대학문학상에 당선된 적이 있는 그는, 졸업 후 방송국 일을 하면서 글쓰기 습관을 몸에 붙였다. 그리고 1995년 서른셋에 신춘문예로 등단했다. 올해로 등단 13년차인 그는 이미 10여 권의 소설집과 장편소설을 묶어낸 바 있고, 역사소설 〈황진이〉를 펴냈다.

그를 처음 만난 것은 소설가 윤대녕을 통해서였지만 그와 친해진 계기는 내가 사는 곳과 가까운 곳으로 이사를 오면서 부터였다(지금 그는 다른 곳에 살고 있다). 이미 소설을 통해 감지한 이미지와 크게 다르진 않았지만 노란색 꽃무늬 원피

서른 살, 세상은 외투처럼 벗고 입는 것. 흔히들 더 선량하고
너그러운 사람들이 더 많은 사랑을 한다고 착각을 하지만 실은
정말로 사랑에 빠지고 사랑을 끝까지 하는 자들은 나쁜 사람들이다.
⟨나비⟩ 중에서

스와 애교스런 경상도 말씨, 다소곳한 미소의 인간미가 넘치는 사람이었다. 그리고 섬세함과 동시에 도발적인 열정을 감추고 있었다.

언젠가 그는 자신의 장편소설을 준비하면서 '여성에 관한 남성의 관념과 심리'에 대해 이것저것 물어왔다. 나는 그의 작업에 조금이라도 도움이 되었으면 해서 나름대로 충실히 답변을 해주었다. 그러나 정작 소설 속에서는 그런 말을 하는 남자들이 한심한 부류로 묘사된 것을 보고는 또 한번 소설가들에겐 말조심을 해야지 하며 실소했던 기억이 있다.

전경린에게 있어서 글쓰기는 자신의 내밀한 욕망이자 꿈이었고 때로는 고통스러운 노동이기도 하지만 자신을 다른 것으로 바꾸어서 '나'를 사랑할 수 있는 작업, 즉 자애自愛의 방법이다. 재봉질 하듯이 글을 쓴다는 그는 자신이 걷는 곳이 곧 자신의 길이라는 자각으로 "달처럼 사막을 가로질러 가리라"고 토로한다.

그의 장서표는 소설 〈염소를 모는 여자〉에서 모티브를 따

오긴 했지만 실은 장서표 속 여인은 '아라공주'이다(아라공주는 그의 고향 함안의 옛 지명 '아라가야'에서 비롯된 그의 별명이다). 🖂

딸에서 엄마로, 가족은 나의 힘

정길연 : 엉겅퀴 같은 소설가

"그래요. 그날 마량리 바다를 향한 언덕 위에서, 나는, 지는 해와 지는 꽃과 생의 쓸쓸함과 생의 눈물겨움을 함께 본 것이에요."

나의 판화 〈생명-동백의 바다〉에 정길연이 붙여준 글의 마지막 문장이다. 몇 년 전 판화 60여 점을 골라서 친우 문인들에게 글을 받아 〈생명, 그 나무에 새긴 노래〉라는 제목의 책을 엮은 적이 있다. 〈생명-동백의 바다〉는 어느 해 봄, 동갑내기 친구들과 함께 서천 마량 바닷가의 동백꽃을 보고 돌아와 그 감동을 새긴 판화다. 서해바다로 떨어지는 붉은 해의 장엄함과 붉은 동백의 처연함이 아직도 눈에 선연하다. 정길연은 그 아름다운 모습을 시적 감수성과 깔끔한 문장으로 묘사했다. 아, 잘 쓴 글이란 이런 것이구나, 생각이 들 정도로.

정길연은 1984년 〈문예중앙〉으로 등단 후, 세 권의 소설집과 다섯 편의 장편소설을 펴낸 중견 소설가다. 가족관계를 중심 이야기로 삼아 탁월한 심리묘사와 군더더기 없는 문체, 진실에 대한 물음과 현대 사회의 그늘진 이면을 천착한 소설 세계를 구축해 왔다는 평을 받아왔다.

고등학교 시절 모범생이었던 그는 수업시간에 시를 쓰다가 교사에게 꾸중을 듣고 다음날부터 등교를 거부했다. 그는 1년 동안 휴학하며 책을 읽거나 글을 쓰거나 음악을 듣거나, 여행을 떠났다. 그렇게 자유로운 시간을 보내며 작가로서의 운명을 받아들였으리라.

EX-LIBRIS

제 그리움이 넘치니까 남들도 그럴 거라는 착각에 빠지게 돼. 하지만
이미 사랑을 잃었거나 보내 버린 과거형의 사람들은 안 그래. 초점이
달라. 다른 사람을 보면, 저이는 사랑을 믿을까 아니면 믿지 않을까,
그거야. 다시 사랑에 빠질 때까지는 냉소적이지.

〈사랑의 무게〉 중에서

처음 그를 만난 것은 1998년 친구 조용호의 출판기념회에
서였다. 갸름한 얼굴에 단발머리였던 그는 한 점 흐트러짐
없이 매사 똑 부러질 것 같은 첫인상을 주었다. 얼음장처럼
차가운 기운이 느껴질 정도로. 오죽했으면 '얼음공주'라는
별명을 다 붙여주었을까. 그러나 차갑고 냉정해 보이는 외면
에 감추어진 따뜻한 감성을 곧 발견할 수 있었다.

　책장에서 그의 책을 찾아 펼치다가 재미있는 현상을 발견
했다. 1999년도에 펴낸 소설집 〈종이꽃〉에는 '남궁산 선생
님께'로, 장편소설 〈사랑의 무게〉와 〈가끔 자주 오래오래〉와
〈그 여자, 무희〉에서는 '남궁산 님'으로, 그리고 근년에 펴
낸 소설집 〈쇠꽃〉에서는 '남궁산 형께'라고 사인이 되어 있
었다. 호칭의 변화에서 벌써 그와의 역사성을 느낄 수 있었
다. 그는 차가움이 지나쳐 드라이아이스의 뜨거움으로 전화
되더니 이젠 완전히 해동(?)이 된 듯하다. 그 차가운 외면까
지도 다 녹아 버렸으니.

　맥주 한잔이 주량이었던 그는 이젠 제법 술자리를 즐기기

도 한다. 그가 자신의 18번 〈사랑 그 쓸쓸함에 대하여〉를 불러도 더 이상 쓸쓸하게 들리지 않는다.

　최근 그는 러시아에 관해 탐구중이다. 자료 취재차 러시아에 여러 번 다녀오기도 했다. 러시아라는 광대한 지리적 공간을 경험함으로써 자신의 내면공간의 확장과 동시에 소설 공간의 확장을 도모하고 있는지도 모르겠다.정길연, 그는 엉겅퀴가 내밀고 있는 가시의 엄정함과 보랏빛 꽃색의 화사함을 함께 드러내고 있다. 🖎

시는 멍이며, 존재의 슬픔을 담는 그릇

정은숙 : 책 만드는 시인

정은숙은 '여우'다. 지인들은 그를 이렇게 부른다. 물론 좋은 의미로 말이다. 맵시 있는 옷차림에 자신감이 묻어 있는 야무진 표정, 똑 부러지는 행동거지와 지혜로운 처신. 그러나 타인에게 자신은 잘 드러내지 않는다. 특히 일에 있어서 그는 균형감각을 가지고 있는 프로이다.

출판사 '마음산책' 대표인 정은숙은 '스타 편집자'이다. 많은 여성 편집자 후배들에게 선망의 대상이다. 그는 일면식도 없는 후배들에게서 팬레터를 자주 받는다. 고충을 토로하는 그들에게 기꺼이 조언하며 함께 고민을 나눈다. 〈편집자 분투기〉는 그에 따른 실천의 결과물이다. 이 책은 출판편집 분야에서 잔뼈가 굵은 그가 출판경력 20년간의 고민을 담은 고백서이자 후배들을 위한 '편집교과서'이다.

정은숙은 어린 시절 '잡지광'이었다. 밖으로 나다니는 것보다 방 안에 처박혀 있기를 좋아했던 '방안퉁수'였던 그는 '잡지'를 통해서 세상에 대한 호기심을 충족시켰다. 집 안에 널브러져 있는 〈새농민〉, 〈주부생활〉등의 잡지를 첫 페이지부터 마지막 페이지까지 한 장도 빼놓지 않고 읽었다. 그러면서 자연스럽게 '인쇄활자'에 대해서 호기심을 갖게 되었다. 이미 자신의 길을 예감했던 것일까? 대학전공을 정외과로 택한 것도 잡지기자를 하고 싶다는 열망에서였다. 기자가 되려면 사회학을 공부해야 한다는 주변의 말에 귀가 솔깃했던 것이다. 역시 그의 첫 사회생활은 잡지기자로 시작되었다. 그러다가 그가 몸담고 있던 잡지가 폐간되면서 단행본 편집을 맡게 되었다.

안부를 묻는 그들 앞에서
나는 몸을 감춘다.
한마디 떼어놓고는 안심하는 그들에게서
도망쳐 와 겨우 숨을 돌린다.
다 리 가   얼 얼 하 다 .
〈하늘을 바라보는 이유〉 중에서

그는 1992년 〈작가세계〉를 통해 등단한 시인이기도 하다. 〈비밀을 사랑한 이유〉와 〈나만의 것〉이라는 제목의 두 권의 시집을 펴낸 바 있다.

지하주차장, 신음소리 들린다.
방음장치가 완벽한 차창을 뚫고
누군가의 울음소리가 들려온다.
울 수 있는 공간을 갖지 못한 사람,
그가 이 깊은 어둠 속에서 웅크리고 있다.
자신의 익숙한 자리를 버리고
그가 낮게 낮게 시간의 파도 속을 떠다닌다.
〈멀리 와서 울었네〉의 일부

눈물이 많다는 그는 가끔 주차장에 차를 세워놓고 남몰래 펑펑 우는 모양이다. 그의 눈물은 곧 시다. 자신의 타고난 기질과 페르소나의 간극을 매우기 위해 그는 시를 쓴다. 자신에게 있어서 '시는 멍이며, 존재의 슬픔을 담는 그릇'이라고 한다.

요즘 출판사를 경영하느라 시를 놓고 있는 그는 편집자로서 자신이 만든 책 또한 '한 편의 시'와 다름없다고 강변한다. 창사 후 118권의 책을 출간했으니 118편의 시를 묶어 '마음산책'이라는 시집을 엮어냈다고도 할 수 있겠다.

그는 말한다. '편집자는 책을 만들어 세상의 일부를 만들어 나간다'고. 책을 통하지 않으면 세상과 연결될 수 없을 것 같다고 한다. 인생의 말년에도 아주 섹시한 백발의 할머니 편집자로 살고 싶은 것이 그의 꿈이다.

그가 오래오래 출판계의 주연여우(?)로 살아가길 바라며 그의 장서표를 새겼다.

고운 그대 목소리에

정태춘 · 박은옥 : 시를 노래 하는 가수

"저기 떠나가는 배 거친 바다 외로이, 겨울비에 젖은 돛에 가득 찬바람을 안고서…"

나의 애창곡 〈떠나가는 배〉의 앞부분이다. 정작 곡의 주인은 '도피성 낭만주의'의 노래라고 스스로 폄하하기도 했지만, 내 나이 20대 초반, 무겁고 답답한 삶으로부터 달아나고 싶었던 심리가 투사되어 열심히 따라 부르던 노래. 민주주의를 찾아 떠나가는 배로 개사되어 이른바 '노가바'로 널리 불리던 노래. 그 노래를 만들고 부른 가수, 정태춘.

그를 아는 사람들은 세상살이를 노래하는 그에게 음유시인이라고 한다. 그러나 그는 단지 세상을 관조적으로 바라보고 감상적으로 읊지만은 않았다. 대중가수로서 누릴 수 있는 기득권을 포기하고 시대의 모순에 대항해 몸과 노래로써 싸운 진정한 음유시인이었던 것이다.

나는 80년대 중반 민요연구회 노래공연장의 객석 뒷자리에 앉아 있던 그를 종종 목격하곤 했는데, 그 때 노래패들의 고민과 그의 고민이 다르지 않았던 것 같다. 그 후 그는 텔레비전의 화면이 아니라, 거리와 현장에서 온몸으로 노래 부르는 모습을 자주 보여주었다. 치밀어 오르는 분노를 노래에 담아 절규했으며, 민주주의에 대한 열망을 민족정서에 담아 노래하기도 했다. 당시 그의 모습에서 칠레의 피노체트 군부 정권과 싸우던 민중가수 빅토르 하라가 떠오르기도 했다. 또 정태춘은 음반 사전 심의제도라는 가위질에 대항해 싸우며 심의제도를 폐지하는 데 앞장서기도 했다. 당시 창작자라면 누구나 당할 수밖에 없었던 사회 억압도구인 검열의 피해자였던 그로서의 당연한 행보였다. 요즘 신세대 가수들이 거침

EX-LIBRIS

나는 고독의 친구 방황의 친구

상념 끊기지 않는 번민의 시인이라도 좋겠소

나는 일몰의 고갯길을 넘어가는 고행의 방랑자처럼

하 늘 의   비 낀   노 을   바 라 보 며

시인의 마을에 밤이 오는 소릴 들을테요

〈시인의 마을〉 중에서

없는 가사로 자유롭게 노래할 수 있게 된 것도 그 때 그의 투쟁에서 힘입었음을 알고나 있을까.

그에 관한 재미있는 에피소드 하나. 몇 년 전 그는 〈정동진〉이라는 노래가 들어있는 앨범을 준비하면서 재킷의 디자인에 관한 의논 차 내 작업실에 들른 적이 있었다. 그는 나의 작업하는 모습을 지켜보다가 뜬금없이 조각칼을 자기에게 넘기라고 하는 것이 아닌가. 그의 취미중의 하나가 칼을 수집하는 것인데, 작가의 손때가 묻은 내 칼이 군침이 돈다는 것이었다. 그때 우리는 나의 보물 1호인 조각칼을 두고 실랑이를 하며 유쾌하게 웃었던 기억이 있다.

그에겐 손을 꼭 잡고 같이 길을 걸어온 사람이 있다. 가수 박은옥이다. 아마 박은옥이 곁에 없었다면 정태춘의 행보는 조금 다르지 않았을까. 그들은 서로 해와 달을 칭하며 부부로서 금슬을, 음악 동지로서 동지애를 과시하며 뭇 지인들에게 신뢰의 눈길을 받고 있다.

나에겐 그들이 손잡고 부르던 노래 〈사랑하는 이에게〉가 단순한 사랑노래로만 들리지 않는다. 🏔

사막에 낙타가 없다면…

정호승 : 수선화 같은 시인

〈서울의 예수〉. 내 나이 20대 초반, 품안에 끼고 살던 시집
중의 하나이다. 우울하고 답답한 가슴을 쓸어내면서 비장하
게 밑줄쳐가며 읽던 기억이 눈에 선하다. 오랜만에 빛바랜
시집을 들쳐보다가 맨 뒷장 여백에 속필로 끼적여 놓은 나
의 유치한 시를 발견하고는 감회에 젖어들었다. 당시 나의
심정을 담은 내용인데 〈유배길을 떠나며〉라는 제목을 붙여
놓았다. 마침, 걸려온 전화기에 대고 친구에게 읽어주니
"어쭈어쭈"하며 정호승과 안도현 시인의 시를 섞어 놓은 것
같다고 놀려대었다.

며칠 전, 정호승 선생을 오랜만에 만났으나 '선생은 나에게 술 한 잔 사주지 않았다(?).' 그는 그다지 술을 즐기지 않는다. 체질상 한 잔만 마셔도 금방 홍시빛 얼굴이 된다. 그래서 술집에서 그와 맞닥뜨리는 일은 드물다. 그는 아직도 해맑은 얼굴을 가지고 있다. 나와 띠 동갑이라는 것이 믿어지지 않을 정도로.

정호승 선생을 처음 대면한 곳은 대구였다. 1998년 개인전을 그곳에서 할 때다. 마침 작가회의에서 주관한 시낭송회에 참가하기 위해 내려온 그와 조우했었다. 그는 대구에서 청소년기를 보냈다. 중학 2학년 때 숙제로 쓴 시가 소설가였던 국어선생님께 칭찬을 받으면서 시인의 길을 꿈꾸기 시작했다. 그는 모친에게 영향 받은 바 크다. 선생의 어머니는 가계부 노트에다 시를 썼다. 당시 팍팍한 삶의 고달픔을 스스로 시를 써서 위안을 받고 있었던 게다. 그래서 그도 정신적, 현실적 삶이 고달플 때 스스로 위안을 얻기 위해 시를 쓴다고 한다. 그렇게 쓴 시가 타인에게도 위안을 줄 수 있다면 더 말할 나위 없는 기쁨이지만.

울지마라
외 로 우 니 까   사 람 이 다
살아간다는 것은 외로움을 견디는 일이다
〈수선화에게〉 중에서

그 시절 그는, 헌책방에서 구입한 〈현대문학〉과 〈자유문학〉 등의 문학잡지 과월호를 보며 어른의 세계를 훔쳤다. 〈학원〉지의 문학상을 휩쓸었으며 대학도 문예장학생으로 입학했다. 신춘문예에 동시, 시, 소설 모두가 당선되었다. 시를 쓰면서도 늘 소설을 쓰고 싶어 했다. 자신의 문학적 기질은 역시 '시' 쪽이라고 깨달았지만 그는 결국 '어른을 위한 동화'라는 장르를 통해 산문의 욕구를 해소하고 있다.

요즘 그는 매일 연로한 부모님 댁으로 출근한다. 그곳이 그의 작업실이다. 시 쓰고 산책하고 2~3시간 정도 인근의 산으로 산행을 한다. 그는 시를 몰아서 한꺼번에 쓴다. 두 가지 이상의 일을 같이 할 수 없는 그의 기질과 관계있다. 그래서 신작 시집 형태로 시를 발표했다. 그의 시는 유독 노래로 많이 불려졌다. 특히 시집 〈서울의 예수〉에 실려 있는 〈이별노래〉는 가수 이동원의 절창으로 많은 사람들로부터 사랑을 받았다. 그는 현재 시노래 동인 '나팔꽃' 모임에 김용택, 도종환, 안도현 시인들과 함께 참여하고 있다.

선생의 장서표에는 낙타가 새겨져 있다. 낙타를 좋아한다며 이렇게 말했다.

"사람은 누구나 자기 인생의 사막을 통과해야 한다. 그 사막에 낙타가 없다면 얼마나 황폐할까?"

그에게 있어서 사막의 낙타는 곧 시다. 🐪

소설은 밤에 이루어진다

조경란 : 코끼리를 찾아 나선 소설가

따르르릉, 따르르릉. 역시 전화를 받지 않는다. 나는 투덜거리며 익숙지 않은 문자메시지를 보냈다. 먼저 문자메시지로 연락을 해야 통화가 가능하다는 것을 알면서도 번번이 전화기 버튼부터 누른 것이다. 그에게서 연락이 왔다. 나는 받지도 않을 전화기, 어디에 쓰려고 가지고 있냐고 지청구를 했다. 그는 글을 쓰다가 전화를 받으면 집중력이 떨어지기 때문이라고 했다.

조경란은 깍쟁이다. 물론 좋은 의미로 하는 말이다. 그는 소설가로서 자신을 철저하게 관리한다. 1996년 등단 후 부지런한 작품 활동으로 평단의 주목을 받아왔다. 그는 이미 소설집과 장편소설 그리고 산문집을 포함해 9권의 저서를 가지고 있다.

'조경란의 소설은 밤에 이루어진다.' 이른바 '저녁형 인간'인 것이다. 그는 자정 무렵부터 아침 6시까지 글을 쓴다. 아침에는 일어나기 힘들어하고 집중도 잘 안 된다는, 전형적인 소음인의 체질이라고 한다. 그래서 남들이 잠든 깊은 밤에 독서를 하거나 비디오를 보거나 요가를 한다.

조경란은 봉천동에 산다. 그의 부친이 손수 지은 집의 옥탑방이 그의 집필실이다. 이태 전 그의 집 근처 2층 커피숍에서 그와 마주한 적이 있었다. 어린 시절을 그 곳에서 보냈던 나는 '봉천중앙시장' 일대를 내려다보며 추억에 잠겼었다. 그때 그는 자신이 살고 있는 봉천동에 대한 단편을 구상 중이라고 했다. 나는 기억이 나는 대로 그 곳의 옛 모습을 말해주었다. 후에 문예지에 발표된 그의 소설 〈나는 봉천동에

세상에는 기다리는 사람과 돌아오지 않는 사람이 있게 마련이다.
기다린다고 해서 상대가 언제나 돌아오는 것은 아니기 때문이다.
중요한 건 내가 누구를 기다리고 있는 것인지조차
알 수 없다는 사실이다.
⟨우리는 만난 적이 있다⟩ 중에서

산다〉를 읽다가 '그가 봉천동에 대해 알고 있다는 것이 신기
했다. 이성에게 느끼는 호감과는 다른 묘한 친밀감이 느껴졌
다'는 대목의 문장을 보고 박장대소한 기억이 있다.

조경란은 요리를 무척 좋아한다. 신문, 잡지 등에 난 맛집
은 오려두고 찾아갈 정도로 미식가이다. 하루 두 끼 식사를
하는 그는 맛있게 먹어야 좋은 글을 쓸 수 있는 체력이 유지
된다고 강변한다. 그는 자신이 직접 요리하는 것을 즐긴다고
한다. 문학과 마찬가지로 요리도 상상력이 중요하다는 그는,
그래서 요리도 창작하는 기분으로 해낸다고 한다. 그는 제빵
제과 학원에서 배운 솜씨로 소설을 요리(?)했다. 문학동네
신인작가상을 수상했던 〈식빵굽는 시간〉이 그것이다.

그는 여행을 좋아한다. 주로 혼자 여행을 해왔는데 요즘은
혼자 다니는 여행이 재미가 없다고 한다. '그렇다면 나와 함
께 가자'고 했더니 '남자들은 어쩜 모두가 그렇게 말한다'며
깔깔 웃는다.

그의 글에서는 자전적인 요소가 더러 엿보인다. 단편 〈코끼리를 찾아서〉나 산문집 〈조경란의 악어이야기〉가 특히 그렇다. 나는 망설일 필요도 없이 그의 장서표에 코끼리를 새겨 넣었다. 하지만 이젠 악어를 한 마리 더 새겨야 하는 건 아닌지. 🖼

집밖을 나서면 모두가 길이다

조용호 : 꽃에게 길을 묻는 소설가

사진 속에서 두 청년이 어깨동무를 한 채 웃고 있다. 아직 소년티가 남아 있는 풋풋한 얼굴들이 보기 좋다. 기억을 더듬으니 지리산 노고단 근처가 배경인 것 같다. 사진 뒷면에는 '100년사진 1988'이라고 인쇄되어 있다. 사진속의 인물들은 다름 아닌 나와 조용호다. 당시 조용호는 사회 초년생으로 모기업 홍보실에서 사보기자 생활을 하고 있었다. 우리는 한 사람이 쓰기에도 빠듯했던 그의 출장비를 들고 민요를 찾아 전국을 돌아다녔다.

횡성의 〈회다지소리〉, 정선의 〈아라리〉를 찾아 강원도 산

길을 오르내렸고, 〈좌도농악〉과 판소리 명창의 발자취를 찾겠다며 남원, 운봉 등 지리산 자락을 돌았다. 그리고 〈질꼬내기〉라는 농요를 듣고자 목포 앞바다 장산도에 들어가서는 달빛을 맞으며 논두렁을 걷기도 했다.

신문학과를 졸업한 조용호는 전공을 따라 신문기자의 길을 걷고 있지만 그는 예술적 끼가 다양한 사람이다. 구수한 목청을 가진 그는 대학시절 민요노래패에서 활동을 했었다. 남도민요를 곧잘 불렀는데 특히 〈상여소리〉가 일품이었다. 87년 이한열 열사의 장례식 때 수만 명의 군중들을 가슴 뭉클하게 했던 상여소리는 바로 그의 목소리였다.

그는 사진촬영 또한 전문가 수준이다. 그의 문학기행서 〈키스는 키스 한숨은 한숨〉에 수록된 사진들이 그 증거물들이다. 조용호는 그 무렵 자신의 내면과 외연을 '소설'로 풀어내고 싶다는 속내를 가끔 비치곤 했는데 결국 30대의 끝자락, 불혹의 나이를 앞두고 소설가로 등단을 했다.

그는 소설집 〈베니스로 가는 마지막 열차〉의 서문을 통해 '사람들 속에서, 한 시대 같이 아둥바둥 흘러가는

기억해줘요.

키 스 는 키 스 , 한 숨 은 한 숨 !

세월이 흘러도 지워지지 않는 두 흔적.

상처받은 두 사람.

아직도 미련 있어. 키스는 키스, 한숨은 한숨….

〈세월이 가도 As Time goes by〉 중에서

그들과 더불어 서로 가슴을 도닥여 주는 힘을 찾아야 한다는 사실도 안다. 그 갈망을 지니고 있는 한, 이승을 떠날 때까지 갈증에 시달릴 것이라는 사실도 안다. 나는, 그 갈증 때문에 소설을 쓰고 있는지도 모른다'라고 토로했다.

노래운동에 몸담았던 대학시절의 경험과 유년의 삶, 문화부 기자생활의 경험 등을 바탕으로 한 그의 소설은 비극적 낭만주의에서 비롯된 황혼의 만가라는 평을 받기도 했다. 여행을 좋아하는 조용호는 국내는 물론 유럽, 아프리카, 라틴아메리카 등을 취재차 다녔는데 그 여정의 편린이 그의 문학기행서에는 물론이고 소설에도 고스란히 반영되어 있다.

어느 해 봄, 그를 앞세워 서천 마량리의 동백꽃과 마주한 적이 있었다. 그 곳은 그의 소설 〈그 동백에 울다〉의 무대다. 서해바다로 떨어지는 붉은 해에 물들어 더 이상 견딜 수 없이 붉어진 동백의 처연함과 그의 정서가 뜨겁게 만났던 것 같다.

아! 세월, 무심하다. 사진 속 장발의 두 청년은 어느덧 중년이 되어 머리숱이 줄고 반백이 되었으니… 🏔

판소리를 들읍시다

최동현 : 소리에 빠진 시인

1992년 대전 엑스포 때다. 매일 자정 넘어 텔레비전에 방영
되던 특집 다큐멘터리 프로그램을 보던 맛이 솔솔 했다. 특
히 문화방송의 3부작 〈판소리 기행〉은 당시 '귀명창'을 목
표로 열심히 판소리에 귀 기울이던 내게 너무도 유익한 프로
그램이었다. (복각판 레코드를 구입해서 임방울의 쑥대머리, 송
만갑의 진국명산, 김연수의 이산저산 등의 단가를 열심히 따라 부
르던 시절이었다.) 화면 가득 울려 퍼지는 명창의 소리도 좋았
지만 해설자의 구수하고 명쾌한 설명에 판소리의 계보를 정
리할 수 있어서 더욱 좋았다.

그 프로그램의 해설자 최동현. 나는 그를 그렇게 처음 만났다. 그리고 1998년 나의 개인전이 열리고 있던 전주의 화랑으로 찾아온 그를 단박에 알아볼 수 있었다. 나는 그의 팬이었으므로.

최동현은 판소리연구가이며 국문학과 교수이자 시인이다. 그의 화두는 '판소리의 대중화'.

대학 2학년 겨울방학 중 어느 날 밤. 웃풍에 손 비비며 이불 뒤집어쓰고 듣던 라디오에서 그는 운명의 음악을 듣게 된다. 신쾌동 명인의 거문고 병창 〈호남가〉이다. 그날은 신쾌동이 돌아간 날이었다. 이후 판소리는 그의 삶이 되었다.

덕유산 밑의 중학교에서 국어교사생활을 할 때 월부로 구입한 판소리전집 음반은 항상 그와 같이 했다. 시인 정양선생과 함께 전북 문화재 홍정택 선생에게 북과 소리를 배웠다. 특히 북을 잘해 '큰북'(명고수)의 길을 가라는 권유를 받기도 했다. 소리꾼을 찾아 전국을 돌아다닐 때도 젊은 사람이 북을 칠 줄 안다고 소리꾼들로부터 귀여움(?)을 많이 받

무슨 모진 그리움들이 이렇게

고 운 꽃 이 되 는 것 일 까

모진 세월 다 잊어버리고

정신없이 살아온 나를

이 렇 듯 정 신 없 이 붙 들 고 있 는 것일까

〈민들레〉 중에서

왔다. 판소리 연구사에 기록될, 특히 인정을 받았던 그의 논문은 다름 아닌 북과 관련이 있는 '장단'에 관한 논문이었다. 그는 그동안 박사학위 논문이었던 〈판소리 연구〉를 시작으로 〈판소리란 무엇인가〉, 〈판소리 이야기〉 등 열다섯 권의 저서를 발표했다.

최동현은 1984년 동인지 〈남민시〉로 등단한 시인이다. 박남준, 이병천, 백학기, 박두규 등이 동인이다. 판소리를 쫓아다니느라 시를 못 쓰고 있다는 그는 여전히 좋은 시인을 꿈꾼다. 또 전북작가회의 의장으로, 전북민예총 대표로 후배문인들을 챙기는 일에도 열심이었다.

수많은 판소리 음반작업과 고음반 복각작업도 빼놓을 수 없는 그의 업적이다. 그는 이태 전 미국의 재즈 뮤지션들과 함께 판소리음반 〈Pansori-East to West〉만들었다. 판소리에 재즈 반주를 입혔다. 판소리를 세계화하기 위해서다. 판소리가 유네스코 세계무형문화유산에 선정된 것도 그의 노고에 힘입은바 크다.

그는 말한다.

"판소리는 중요한 유산입니다. 보통 음악이 아니라, 우리를 우리답게 만들어주는 음악입니다. 판소리라는 음악이 없다면 우리는 적어도 음악적으로는 독자적인 민족이라고 말할 수 없습니다. 판소리를 들읍시다."

춘향가를 들으며 그의 장서표를 새겼다. 🏔

환경은 나보다 후손을 위한 일

최열 : 이웃집 아저씨 같은 환경운동가

광장에는 그가 있다. 선생은 바쁜 나날을 살아왔다. '탄핵무효·부패정치청산 범국민행동', '2004 총선 물갈이 국민연대', '이라크 파병반대 비상국민행동' 등의 시국과 관련된 단체에서 공동대표의 역할을 맡고 있었기 때문이다. 그러나 선생의 본령은 역시 환경운동이다. 그는 환경문제는 사회구조적인 문제에서 기인한다고 역설한다. 그래서 사회모순구조를 해소하는 운동에도 열심인 것 같다.

환경운동연합의 대표를 역임하고 현재 환경재단을 꾸리고

있는 선생은 이 땅의 환경운동의 개척자이다. 그는 80년대 독재정권의 타도와 민주주의 회복이라는 목표를 향해 모두가 관심을 기울이고 있을 때 '반공해, 반핵운동'의 필요성을 절감하고 '한국공해문제연구소'를 설립했다. 이후 '공해추방운동연합', '환경운동연합' 등으로 조직을 확대, 발전시켜오면서 환경운동가의 길을 걸어왔다.

그가 환경문제에 관심을 가지게 된 때는 70년대 중반이라고 한다. 3선 개헌 반대 등 학생운동을 했던 그는 1975년 유신정권의 긴급조치 9호 위반으로 수형생활을 하던 중 전공을 살려 사회에 기여할 수 있는 길을 찾다가 환경문제에 눈을 뜨게 되었다고 한다. 대학 때 화학을 전공한 그의 당연한 행보라고 할 수 있다.

선생은 친화력이 있는 사람이다. 그와 한번이라도 마주친 사람은 금방 그의 사람이 된다. 나는 80년대 후반 공해추방운동연합의 기금마련 전시회 때 선생을 처음 만났는데 수더분한 인상의 이웃집 아저씨 같아 단박에 친밀감을 느끼게 되었다. 나는 선배들을 호칭할 때 나름대로 원

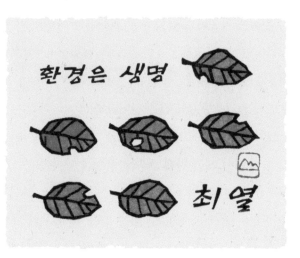

선생은 오늘도 어느 광장에 있을 것이다.

그는 그곳에서 주 변 을 푸 르 게 만 드 는

환 경   지 킴 이 의   역 할 을 하고 있으리라

칙을 가지고 있다. 10년 이상의 연상인 어른에게는 '선생님'이라는 호칭을 쓴다. 그러나 몇몇 예외가 있기도 한데 그의 경우가 그렇다. 사석에선 그를 '열이 형님'이라고 부른다. 처음 만났을 때 부르던 호칭이 익숙해지기도 했지만 선생을 만나면 나도 모르게 그렇게 부르게 된다. 그것은 선생이 여전히 청년의 모습을 간직하고 있기 때문인 것 같다.

그는 어느 인터뷰 자리에서 '환경운동을 하다 보면 주위 시선 때문에 불편한 점도 있지 않냐'는 질문에 '눈치 보느라 그런 것은 아니지만 식당에서 1회용 젓가락을 쓰던 시절 항상 쇠젓가락을 주머니에 넣고 다녔다. 친환경적인 생활을 하려면 조금 불편한 것은 참아야 한다. 우리가 잠깐 편하기 위해 컵라면을 먹지만 그 용기가 분해되는 데는 300년이 걸린다.'라고 답변을 했다. 환경의식이 생활화된 그의 일면과 유머감각을 엿볼 수 있는 대목이다.

선생은 오늘도 어느 광장에 있을 것이다. 그는 그곳에서 주변을 푸르게 만드는 환경 지킴이의 역할을 하고 있으리라. 🏔

문학의 숲을 거닐다

최재봉 : 한겨레신문 문학전문 기자

"저, 기자님 팬인데요. 이렇게 만나 뵙게 돼서 기뻐요. 기자님의 기사는 모두 스크랩했거든요…."

그와 함께 있는 자리에서 종종 들을 수 있는 말이다.

최재봉은 팬이 많다. 나는 그를 통해서 기자도 팬이 있다는 것을 알았다. 학창시절에 그의 기사를 접하고 나서 기자의 꿈을 꾸게 되었다는 후배기자도 있고, 습작기에 그의 기사가 좋은 문학적 교재가 되었다는 소설가도 있다.

그는 거의 20여 년 동안 문학전문기자로 활동을 해왔다.

영문학을 전공한 그는 모교에서 잠시 강사생활을 하다가 한겨레신문의 창간과 더불어 기자의 길로 들어섰다.

그는 깊이 있는 작품의 분석력과 유려한 문체를 무기로 문학저널리스트로서 이름을 날리고 있다. 자신의 문학적 가치기준을 가지고 고집스럽게 기사를 작성함으로써 뜻하지 않은 '필화사건'(?)을 일으키기도 했다.

그가 엮은 산문집 〈최재봉 기자의 글마을 통신〉의 서문에서 그는 '내가 생각하는 이상적인 작품은 예술성과 정치성을 두루 갖춘 작품이다. 문학은 물론 언어예술이고 말의 연마를 핵심으로 삼는 장르지만, 사회적 맥락과 메시지 역시 그에 못지않게 중요하다는 것이 내 믿음이다'라고 털어 놓았다. 그의 문학관을 엿볼 수 있는 대목이다.

90년대 초반 그를 처음 보았을 때, 그의 모습은 전형적인 모범생과에 속하는 '샌님'이었다. 그는 평소 인생을 고고하게 살아가려는 '딸깍발이'정신을 고수하려는 듯 했다. 그리

내가 생각하는 이상적인 작품은

예술성과 정치성을 두루 갖춘 작품이다.

문학은 물론 언어예술이고 말의 연마를 핵심으로 삼는 장르지만,

사회적 맥락과 메시지 역시 그에 못지않게

중요하다는 것이 내 믿음이다

고 그 무렵 그는 조용하고 침착한 성격에 술 한 잔에도 취해 픽픽 쓰러지곤 했었다. 그러나 이젠 제법 술자리에서도 호기를 부릴 줄 안다. 이미 나는 그의 주량 앞에서 꼬리를 내린 지 오래다. 이 모두가 친구를 잘 못 둔 탓이라고 그는 투덜거리기도 하지만 나는 그에게 사람 사는 정을 느낄 수 있어서 흐뭇하다.

최재봉과 나는 거의 20여 년을 동고동락을 해왔다. 관포지교, 그는 내게 있어서 그런 사람이다. 욕심이 없는 그는 자신의 신념을 깨뜨리는 일은 좀처럼 하려고 하지 않는다. 그는 아직도 운전면허증을 가지고 있지 않다. 집이 있는 수원에서 전철과 버스를 번갈아 타고 출퇴근을 한다. 물질문명의 노예적 삶을 최소화하고 싶다고 주장하지만 사실은 그 시간에 집중적으로 독서를 하는 것 같다.

"기자는 사실만을 전달하면 되는가, 아니면 평가도 수반해야하는가?"

문학기자로서 그는 종종 자신에게 되묻는다고 한다. 그러나 사실을 있는 그대로 전달하는 일은 홍보 이상도 이하도 아니라고 말한다. 그래서 그는 기사를 쓰면서 자신의 판단을 포함시킨다. 그러자면 작품을 꼼꼼히 읽을 수밖에 없다. 그는 자신이 미처 읽지 못한 작품은 기사화 하지 않는 것을 원칙으로 하고 있다. 그것이 많은 작가와 독자들에게 신뢰와 사랑을 받는 이유일 것이다.

최재봉, 그는 오늘도 여전히 많은 문학작품을 포식(?)하고 있을 것이다.

웨하스 같은 여인

하성란 : 편지 쓰는 소설가

하성란 하면 먼저 그의 큰 눈이 떠오른다.

'금방이라도 눈물이 흘러내릴 것 같은 큰 눈. 빨갛게 충혈이 되어 있는 것을 보니 벌써 한바탕 울었는지도….'

그를 처음 보았을 때의 인상이다. 학창시절 그 큰 눈 때문에 '왕눈이'라는 별명으로 불렸다는 그는 그 무렵 소프트렌즈의 부작용으로 고생을 하고 있었다. 그는 결국 몇 년 전에 시력 교정 시술을 받고 그 고통으로부터 벗어났다.

하성란은 21세기 한국 소설을 꽃피워갈 작가로 평단의 주

목을 받아왔다. 출판사를 꾸리던 아버지 덕분에 어린 시절부
터 책을 많이 접할 수 있었던 그는, 초등학교 때 백일장에서
상을 받는 등 이미 작가로서의 자질을 드러냈다. 그는 1996
년 등단 이후 누구보다 부지런히 소설을 발표해왔다. 장편소
설과 작품집을 포함해 열 권의 책을 묶어내었다. 그의 소설
은 '마이크로적 묘사' 또는 '극세밀화'로 불려지는 치밀한
묘사와 반전의 묘미, 영화기법적 구성 등으로 한국소설의 새
로운 지평을 열었다는 평을 받고 있다.

하성란은 욕심이 많은 사람이다. 그는 소설뿐만 아니라 다
른 예술분야에도 관심이 많고 재주도 승하다. 몇 해 전 내가
모 문화센터에서 판화 강의를 하고 있을 때 수강생으로 들어
왔다. 타고난 미적 감각을 발휘해 '발군의 실력'을 보여주었
다. 원고 마감에 쫓기는 바쁜 일정임에도 불구하고 빠지지
않고 출석해 열심히 판화를 새기는 모습이 역시나 예뻐 보였
다. 나 또한 소설가 제자가 생겨서 아주 즐거운 기분으로 강
의를 할 수 있었다. 그 무렵 그는 피아노를 배우는 중이었고
영화에도 배우로 출연해 세인을 깜짝 놀라게 하기도 했다.

남자는 며칠 동안 자신을 괴롭혔던 그 문장에 이르렀다.

'두 자식을 앞세우고 뒤따라 가는 산책길에서 자꾸만 현기증이 인다.

햇빛마저 서글프다.' 전혀 다른 그림이 눈앞에 펼쳐졌다.

장성한 아들과 딸의 보폭은 크다. 시인은 일부러 걸음을 늦추고

아이들의 뒷모습을 보며 걷는다. 눈 부 신   햇 살 이

아 이 들 의   어 깨 에   걸 려   있 다 .

〈무심결〉 중에서

항상 잔잔하고 차분해 보이는 그이지만 나는 그런 그에게서 가슴 속 깊이 감추어진 일렁이는 열정을 느끼곤 한다.

나는 그의 동인문학상 수상작 〈곰팡이 꽃〉을 읽고 난 뒤로 쓰레기를 함부로 버리지 않는다. 쓰레기봉투를 뒤지는 사내의 이야기인 〈곰팡이 꽃〉은 도시의 단자화한 삶과 현대인의 의사소통 욕구를 뛰어나게 묘사했다는 평을 들었다.

하성란은 '자신에게 있어서 소설 쓰기는 운명인 것 같다'라고 말하면서 자신의 장서표엔 뱀이 들어가기를 바랐다. 예로부터 사람들은 뱀이 성장하면서 허물을 벗는 것을 죽음으로부터 다시 태어나는 것으로 인식했다. 뱀은 불사不死의 존재, 즉 운명적이라는 인식과 깊은 관련을 맺는다고 할 수 있다. 또 뱀은 풍요와 다산의 상징이기도 하다. 하성란의 문학도 그렇게 나아갈 것이다.나는 뱀을 새기면서 예의 큰 눈으로 화룡점정을 했다. 🐍

나를 만든 8할은 울퉁불퉁한 삶

한비야 : 들국화를 닮은 구호천사

한비야, 그는 발이 작다.

그를 처음 본 날, 나는 음악에 맞춰 통통 튀고 있는 그의 발을 뚫어지게 바라보았다. 지구를 세 바퀴 반이나 돌았다는, 작고 예쁜 저 두 발을.

세계 일주를 하고 싶었다는 어릴 적 꿈을 좇아 전 세계의 오지를 누비는 한비야. 지구촌 곳곳의 풍물과 자연의 풍광에 취하기도 했지만 그의 관심은 결국 '사람'이었다. 그는 사람 사는 냄새를 맡기 위해 편리한 비행기를 마다하고 가능하면 육로로 여행을 다녔으며 유럽, 아프리카, 아시아, 아메리카,

오세아니아의 곳곳에서 많은 사람들과 우정을 나누었다. 그리고 이제 그는 세상의 버림받고 상처 입은 사람들을 보듬는 '구호천사'다.

그는 언제 봐도 통통 튀는 공과 같다. 그와 잠깐이라도 마주쳐 본 사람은 안다. 주변의 공기까지 유쾌하게 만드는, 매력이 철철 넘치는 사람이 한비야라는 것을.

그가 중국으로 어학연수를 떠나기 전 어느 날, 그와 함께 서울 근교에 있는 절집에 석불을 보러 간 적이 있다. 미륵석불을 보며 숙연하게 무언가 기원을 하더니, 뜬금없이 내게 손을 내밀며 달걀 한 판 값을 내놓으란다. 그때 그는 경기도 부천시에 살고 있었는데 그곳에서 만난 외국인 노동자들의 소원이 계란 프라이를 실컷 먹어보는 것이라고 했다. 날더러 그 소원을 들어주는 데 한몫 하라는 것이었다.

'너의 주머닛돈 몇 천원이 상처받은 사람의 삶에 조금이라도 위안을 줄 수 있다면 얼마나 좋은 일이냐' 하고는 깔깔 웃는 모습이 얼마나 예뻐 보였던지 마치 관음보살의 현신을 마주하고 있는 듯했다. 한비야는 그 무렵 이미 '오지여행가'에서 '난민구호활동가'로서의 변신을 예감하고 있었던

많은 사람들이 내게 말한다. 하고 싶은 건 다 하고 사는 것 같다고.

천만의 말씀이다.

하 고 싶 은 것 의 반 에 반 도 못 하 고 산 다 .

나 역시 하루 24시간, 1년 365일밖에 없으니 말이다.

〈중국견문록〉 중에서

것이 아니었을까? 그는 오늘도 언제 자신의 목숨이 날아갈지도 모르는 전쟁터와 재난현장을 누비며 사랑을 나누고 있다. 힘들고 지친 난민들에게 생명수를 떠다주는 천사인 것이다.

그는 어느 인터뷰 자리에서 이렇게 말한 적이 있다.

"저는 들국화예요. 늦깎이. 그래요. 사실 사람들마다 생애 최고의 시절이 각각 다르잖아요. 어떤 이는 20대, 어떤 사람은 30대에 맞이하지만 저에게는 아직 안 왔거든요. 그런 의미에서 국화라는 거죠. 가을에 피는 한 송이 들국화."

아! 이제야 한비야꽃이 활짝 피었는가. 그는 요즘 지구촌 곳곳의 상처 입어 고달픈 영혼들에게 단물을 공급하느라 너무 바빠서 나 같은 한량과 놀아줄 시간이 없다. 한비야, 그의 발은 작다. 그 작은 발에서는 그러나 꽃향기가 난다. 🏔

삶은 아름다워야 한다

함정임 : 제비꽃을 닮은 소설가

함정임은 선글라스가 썩 잘 어울린다. 이태 전 나의 개인전 전시장에서도 선글라스를 벗지 않았다. 미안하지만, 나는 전시장에서 선글라스를 쓰고 작품을 감상하는 사람들을 미워한다.

"그림 감상할 때는 선글라스는 벗어야지."

"선배, 나 어제 밤새워 원고 마감하느라 눈이 충혈 되었거든. 좀 봐주라 응?"

피곤함에도 불구하고 나의 전시장에 달려와 준 그가 고마워 그에게만은 예외로 묵인해 주기로 했다.

함정임은 도회적 감수성과 선험적 예술 감각이 풍부한 사람이다. 불문학을 전공한 그는 소설가이자 번역자로서 누구보다 열심히, 바쁘게 살아왔다. 1990년 등단 이후 꾸준히, 소설집과 장편소설, 산문집, 번역서와 동화 그리고 여행서 등 거의 스무 여권에 가까운 저서를 내놓았다. 그의 소설은 전통적인 리얼리즘 문법과는 다른, 일상에 대한 천착과 내밀한 심리묘사, 이미지가 강한 문체로 독특한 경지를 개척했다는 평을 받고 있다.

'삶은 미적이어야 한다'는 생각을 가진 그는 무엇보다 자신을 존중하는 삶을 살고자 한다. '정신의 귀족주의'를 지향하는 것이 아닐까. 그래서 삶의 미학을 실현하는 한 수단으로서 여행은 그의 일상의 주요한 부분을 차지하고 있는 것 같다. 일 년에 최소한 한 달 이상을 여행으로 보내는 그는 파리, 로마, 베니스 등 세계 곳곳의 미술관과 성당, 유적지들을 돌아다닌다. 그 결과물이 여행산문집 〈인생의 사용〉과 〈그리고 나는 베네치아로 갔다〉이다.

화가 지망생이었던 그는 미술에 대한 조예가 상당하다. 자

EX·LIBRIS

함 정 임

빈 들판, 빈 허공에 들었을 때 비로소 내가 얼마나 무겁고 복잡하게
살아왔는가 깨닫는다. 비우고 돌아올 수 있는 곳을 내가 최고의
여행지로 꼽는 이유가 거기에 있다. 거기, 시원의 저편에서
찰 나 적 으 로 나 마   내   영 혼 과   만 나 기   때 문 이 다 .
〈나를 미치게 하는 것들〉 중에서

신은 단지 '미술애호가'일 뿐이라고 말하지만, 명색이 화가인 나도 그의 해박한 미술지식에는 주눅이 들 정도이다. 나는 그를 통해서 '아르테미시아 젠틸레스키'의 매력에 푹 빠져들었다. 그는 17세기 바로크 시대 최초의 여성 직업화가였던 아르테미시아 젠틸레스키를 국내에 처음 소개한 장본인이다.

그가 상재한 미술 에세이집 〈나를 사로잡은 그녀, 그녀들〉에서는 명화에 등장하는 여성들의 '숨겨진 아름다움'을 찾아내어 미술을 보는 또 한 가지의 방식을 제시해주었다. 나는 그 에세이들을 읽는 동안 그림에 투사된 그의 심정과 사유, 사연을 짐작하며 잔잔히 마음 일렁이는 여운을 맛보았다.

함정임은 얼핏 보기엔 도도하고 무뚝뚝하게 비친다. 하지만 그런 그도 신명이 나면 말을 아주 재미있게 한다. 그가 풀어놓는 자신의 주변이나 일상의 이야기를 듣다 보면, 마치 한편의 단편소설을 읽는 것 같다는 착각이 든다.

일산의 호수공원에서 그를 다시 만났다. 그런데 이번에는 선글라스를 쓰고 있지 않았다. 왜? 먹구름이 잔뜩 끼어 있는 날씨였으므로. 함정임. 그에게는 보랏빛 눈부심이 있다. 맑은 호숫가 양지뜸에 피어 있는, 자그맣지만 당찬 제비꽃 처럼. 🖼

장서표란 무엇인가?

　장서표는 책의 소유를 표식하는 도장이 보다 더 예술적으로 가공되어 독립된 예술의 장르이다. 그것은 장서자의 일종의 표시이거나 책의 장식에 쓰이는데 책의 표지나 뒷면 또는 안겉장에 붙인다. 그래서 아름다움과 실용의 목적을 동시에 갖추고 있다. 문자와 그림이 조화롭게 결합된 것이 장서표의 중요한 예술적 특징인데 주로 '판화'로 제작되며 내용과 형식이 각기 특색을 갖추고 있다.

　장서표가 주로 판화版畵로 만들어지는 이유는 복수로 제작되어야 하기 때문이다. 목판, 석판, 동판, 세리그라픽 등의 판화기법과 현대적 옵셋인쇄나 개인용 컴퓨터의 프린팅 등 복수의 복제가 가능하기만 하면 어느 매체라도 무방하지만, 판화로 제작된 장서가 예술장서표로 더 애용되고 있으며 예술의 한 장르

로서 정착되었다. 장서표의 제작은 일반 판화와 큰 차이는 없지
만 크기나 격식상 지켜야 할 몇 가지 특징이 있다.

일반적으로 장서표의 제재가 되는 것으로는 인물, 물고기, 새,
곤충, 동물, 꽃, 풍경, 각종의 이미지를 사용하며, 역사적인 고사
나 신화, 전설, 민담 그리고 현대생활에 이르기까지 다양하다.
표현은 그 내용에 따라 구상과 추상의 방법을 자유롭게 운용하
며 모양도 방형, 정방형, 원형, 삼각형 등 제한이 없다. 크기는
작은 것이 우표나 공중전화카드, 담배갑만한 것에서부터 큰 것
은 엽서 크기에 이르기까지 다양하지만, 일반적으로 길이가 5센
티미터에서 10센티미터를 넘지 않는다.

장서표에는 라틴어 'EXLIBRIS'라는 국제 공용의 표식이 삽입
되는데 쓰는 사람에 따라 EX와 LIBRIS 사이에 '-'을 삽입한다.
EX는 영어의 'from', LIBRIS는 'books, library'로 '~애서'
'~장서'의 뜻이며 영어권에서는 'Book Plate'라고도 쓴다.

장서가 자신의 이름을 써넣는 것도 장서표의 필수적인 요소이
다. 예를 들면 누구누구 장서, 애서, 소장, 책사랑 등이 그것이
다. 여기에 주소나 서재명, 제작이나 소장 연대를 쓰기도 하고,
책의 내용이나 그와 관련된 시, 격언, 경구들을 적어 장서표의
의의를 더한다.

무자년戊子年, 2008년은 쥐의 해입니다.
여기 남궁산 선생이 직접 만든 장서표는 여러
분의 장서표입니다. 자신의 책에 오려 붙이고
그 아래 이름을 직접 써 넣으세요.